VOYAGE SENTIMENTAL SUR LA RUE SAINT-JEAN

Hubert LaRue

Edition : Culturea (culurea.fr), 34 Hérault
Contact : infos@culturea.fr
Impression : BOD, Norderstedt (Allemagne)
ISBN : 9791041981311
Date de publication : juillet 2023
Mise en page et maquettage : https://reedsy.com/
Cet ouvrage a été composé avec la police Bauer Bodoni

Je le vois encore assis dans ce fauteuil en cuir auquel il tenait tant, peut-être parce qu'il lui venait du juge Panet. C'était là qu'il aimait à causer.

– « *La maison,* disait-il, *c'est une petite patrie renfermée dans la grande patrie, la patrie commune. Vous y retrouvez votre bon vieux canapé, vos livres, votre tabac et votre vieille pipe si bien culottée.* »

Et ses idées d'aller à tire-d'aile. Agriculture, lettres, beaux-arts, philosophie, voyages, science, économie politique, tout était familier à ce docteur en médecine qui aurait voulu être notaire.

Il écrivait comme il parlait, et que d'enseignements n'avons-nous pas entendu tomber des lèvres de ce savant chrétien, aussi érudit que modeste, qui lisait Homère, Tacite, Tite-Live, Horace, dans le texte, et faisait de la Bible sa lecture favorite.

Près du fauteuil du docteur, à gauche, il y avait une bibliothèque en bois d'érable. C'était l'arsenal. Nous y puisions nos armes pour la discussion. À droite s'allongeait une table carrée, où s'étalaient, lampes, pot-à-tabac, journaux, fioles de pharmacie, plumes, encrier, instruments de chirurgie, échantillons minéralogiques. Les manuscrits de l'écrivain avaient trouvé refuge dans un des tiroirs de ce meuble gigantesque.

Taille moyenne, large d'épaules, un peu voûté par le travail, par le poids du jour, voix brève, parole vibrante, figure sévère, cœur d'une sœur de charité, tel était celui que nous regrettons. Né à Saint-Jean de l'île d'Orléans le 25 mars 1833, de maître Nazaire LaRue, notaire, et de dame Adélaïde Roy, il appartenait par sa mère et par son père à cette vieille bourgeoisie canadienne-française qui fait l'orgueil et la force de notre race en Amérique. Elle seule a créé, elle seule continue cette Nouvelle-France si féconde, si vivace, si fidèle aux souvenirs, aux traditions du passé, si attachée à sa langue, à ses lois, à sa religion, si admirée aujourd'hui par ceux qui savent priser tout ce que peut faire le dévouement et les saines idées. Dieu bénit l'union du notaire LaRue. Treize enfants vinrent se grouper autour du foyer paternel, et ils furent élevés dans ces sentiments de droiture, de religion, d'esprit de travail qui firent l'honneur de la vie d'Hubert LaRue. Dès l'âge de neuf ans et demi, il était au séminaire de Québec, où il fit un cours rapide, brillant. Cinq ans après on le retrouve étudiant en médecine. L'Université Laval venait d'être fondée par l'énergie du grand-vicaire Casault et de ses collaborateurs : elle était à la recherche de tout ce qui pouvait donner de la force, du fonds, du prestige à ses chaires d'enseignement. D'avance les talents et le travail d'Hubert LaRue le désignaient au choix de ces hommes qui s'y connaissent en hommes, et il fut envoyé en Europe pour se former et puiser aux meilleures sources de la science. Un an de stage à l'Université catholique de Louvain, six mois d'études à Paris firent bientôt de l'élève un maître, et à son retour en 1859, il fut nommé titulaire de chaires de chimie, de toxicologie, d'histologie et de médecine légale.

En passant les épreuves du doctorat, Hubert LaRue avait choisi comme sujet de sa thèse, le suicide. J'ai relu dernièrement ce beau travail où une délicate question est traitée si habilement qu'on oublie le jeune homme pour ne voir en l'auteur qu'un médecin expérimenté qui aurait déjà un quart de siècle de pratique. Après avoir donné la définition du suicide, l'aspirant au doctorat nous décrit le suicide volontaire criminel, sans folie, causé par la débauche, les dégoûts de la vie, les chagrins domestiques, la honte, le remords, la souffrance physique, les humiliations de l'amour-propre, les revers de la fortune. Puis il passe au suicide volontaire excusable et au suicide involontaire ou accidentel. Il nous démontre l'influence des saisons, des climats, des âges, de la civilisation sur cette mystérieuse maladie, qui quelquefois est épidémique, d'autres fois héréditaire. Il indique les remèdes les plus efficaces pour la combattre et termine par une curieuse étude, d'après les notes des abbés Durocher, Bolduc et Belcour, sur le suicide chez les sauvages de l'Amérique du Nord.

Cette thèse brillamment soutenue, valut à son auteur les félicitations de toute la jeunesse de l'époque et l'anneau d'or de docteur en médecine.

Un réveil littéraire se faisait alors au Canada. Nous ne pouvions guère oublier le succès que venait de remporter Huston avec la publication du *Répertoire national*. Le 21 février 1861, quelques hommes de lettres se réunissaient rue Buade, à l'atelier de MM. Brousseau, et y fondaient les *Soirées canadiennes*. Parmi les noms de ces vaillants lutteurs, je retrouve celui d'Hubert LaRue, à côté de ceux de J. Chs. Taché, de l'abbé Ferland, de notre grand historien Garneau, de Chauveau, Parent, Trudel, Fiset, Octave Crémazie, Gérin, Légaré, Fréchette. Ce fut aux *Soirées canadiennes* que Hubert LaRue donna le manuscrit de son « Voyage autour de l'île d'Orléans », étude bien faite, et qui plaît autant par l'originalité de la forme que par les qualités du style. En 1863 on discuta la création d'un second recueil de littérature canadienne. Le *Foyer canadien* fut imprimé ; et un bureau se constitua sous la présidence de l'abbé Ferland, avec Hubert LaRue comme secrétaire. Il publia dans cette revue une étude remarquable sur les chansons populaires du Canada.

Aimant la lutte, le travail, les exercices de la pensée, cet esprit ardent, une fois dans la mêlée, ne devait plus la quitter. Depuis 1859, les études, les conférences, les livres, les travaux de tout genre se succèdent sans interruption sous sa plume. Toujours sur la brèche, Hubert LaRue combat vaillamment ; il défend ses idées ; il cherche, et presque toujours il trouve ce qui peut faire progresser et améliorer le Canada français. L'instruction publique, les industries, l'agriculture, attirent l'attention de ce penseur. Ce dernier art est surtout pour lui plus qu'une question patriotique, plus qu'une question politique. Il en fait une question religieuse, assurant à qui veut l'entendre que le sort du Canadien-français catholique est entièrement entre les mains du cultivateur.

Chez Hubert LaRue, il y a deux notes prédominantes. La gaieté, la tristesse.

Relisez, dans le premier volume de ses mélanges historiques et littéraires, les pages qu'il consacre à « Nos qualités et nos défauts. » Tour à tour il s'y montre philosophe profond, homme de cœur, écrivain spirituel, mordant. Les notaires, les avocats, les médecins, subissent les traits de ce rieur de bon aloi, qui est de l'avis d'Horace : *Castigat ridendo mores.*

Hubert LaRue excelle dans ces descriptions canadiennes qui font dire à plus d'un dc nos compatriotes d'outremer :

- Serait-ce dans la Nouvelle-France qu'il faudrait retrouver l'ancienne ?

Les pages qu'il consacre à son endroit natal, à l'île d'Orléans, sont belles, érudites, écrites sans effort. Il nous parle de nos danses rondes, de nos chemins d'hiver, du feu de la Saint-Jean, des sorciers de l'île, des loups-garous, de la chasse-galerie, en termes aussi graphiques, aussi fidèles que le ferait notre meilleur coloriste canadien-français, Aubert de Gaspé.

– « Pourquoi, disait-il, ma plume se refuserait-elle à retracer ces légendes naïves qui peignent si bien la bonne foi de nos ancêtres ? Ceux qui nous ont légué ces contes les racontaient au bivouac, au milieu de la forêt, à la belle étoile, entre le combat du jour et celui du lendemain. Et ces héros, soldats aussi fiers sur le champ de bataille que citoyens paisibles à la chaumière, versaient des larmes en les transmettant à leurs enfants : car, pour eux, c'était le souvenir de leur belle Normandie, ou de leur noble Bretagne qui se retraçait à leur esprit. Ainsi donc pourquoi ne pas les rappeler ? »

Et il l'a fait dans des lignes chaudes, émues, qu'on aime à relire au coin du feu, quand le vent de bise passe et que l'on trouve bon de remonter vers le passé.

L'œuvre principale de celui que nous regrettons, est à mon avis son « Histoire populaire du Canada », racontée à ses petits enfants, par madame Genest.

Nous avons souvent ri de bon cœur avec ce Canadien-français qui connaissait à fonds Molière, Rabelais, mais sur cette figure si franche, si sensitive, le sourire n'avait jamais de longue durée. Le voici soudain sombre, pensif. Découvrez-vous, nous allons ensemble au champ des tombes.

– « De gros nuages noirs vont se précipitant dans l'espace et se roulant sur un ciel gris foncé ; on dirait les lambeaux déchirés d'un immense drap mortuaire étendus sur une vaste bière de plomb.

« Marchons à pas lents, car la neige crie sous le pas.

« Une grande croix noire se dessine aux regards, avec ses deux bras étendus ; elle paraît s'élever et se dresser menaçante, comme pour protéger ces milliers de morts qui reposent à ses pieds et dorment leur dernier sommeil.

« La palissade est franchie. Mille voix s'élèvent de ces cendres à peine refroidies, et qui semblent se ranimer au bruit de nos pas ; voix aigres, lugubres, criardes ; voix de fantômes, voix des morts.

« Tout parle, tout pleure, tout gémit dans un cimetière au milieu de la nuit.

« C'est un glaçon qui se détache et qui en tombant résonne sur le verglas comme le son d'une cloche.

« C'est une branche qui, raide et glacée, se brise et se casse, nouveau cadavre qui s'affaisse, rongé par la dent impitoyable du temps, et qui vient ajouter son nouvel atome à la poussière des morts.

« C'est un clou qui se déplace. C'est un grain de sable qui tombe sur un cercueil déjà vide.

« C'est la planche d'un cercueil qui se disjoint et se rompt.

« Et partout de petites croix noires, autour desquelles s'enroulent de frêles arbustes : c'est la vie qui ne peut se soutenir qu'en s'appuyant sur ces faibles monuments de la mort.

« Et les bouffées de la bise sont encore plus froides, plus humides, plus glaciales.

« Là... une terre fraîchement remuée, gouffre avide dont l'ouverture est fermée temporairement par deux planches.

« Et ce gouffre est le palais des cercueils !

« L'eau s'infiltre à travers le tuf et suinte au plafond ; et... goutte à goutte, ...elle tombe... tombe... tombe... et tombe toujours ; et chacune des gouttes marque un de ces instants passagers, qu'on appelle les instants de l'éternité !

« Et ce lieu est tellement le lieu du repos, tellement le lieu du silence, que malgré vous, vous retenez votre haleine, et le plus léger souffle qui s'échappe de votre poitrine retentit à notre oreille comme un son rauque d'agonisant, comme un râle de moribond.

« Courage ! ouvrons un de ces cercueils, car il est bon de voir les morts et de converser avec eux.

« Et le fer aigu a grincé, et les clous rouillés ont cédé.

« Voyez.

« Un drap blanc... un suaire blanc. Yeux caves, joues creuses, bouche ouverte, taches bleuâtres, livides, noirâtres, sueur visqueuse, gluante qui retient notre main malgré nous.

« Le reconnaissez-vous ?

....

« Un jour, je serai comme cela, moi aussi. »

Nous sommes loin de la note gaie que je vous indiquais il y a un instant. Hoffmann, Edgar Poe, Baudelaire, ne faisaient pas vibrer une plainte plus triste, plus émue, plus lugubre que celle que vient de pousser Hubert LaRue.

Méry, qu'il aimait à citer, résume ainsi l'existence :

Un jour de fête,
Un jour de deuil,
La vie est faite
En un clin d'œil.

Le psalmiste la compare à un navire, à un nuage, à une ombre. *Sicut nubes, quasi naves, velut umbra.* Celle d'Hubert LaRue n'a pas même dépassé la moyenne accordée aux hommes. Il est mort à quarante-huit ans. Mais en retour comme cette vie a été bien remplie. Scrutez-la avec moi. Il est bon de causer avec les morts, nous a-t-il dit : eh bien ! causons. Demandez-lui ce qu'il a fait pour la race canadienne-française. Tout son tact, toute sa droiture, toute son expérience des choses et des hommes ont été mis au service des siens. Personne mieux que lui ne sait traiter les grandes questions qui nous touchent de près. Pour les mères il écrit sur la manière d'élever les jeunes enfants. À ceux-ci il fredonne, il rappelle les chants populaires qui jadis ont bercé l'aïeule et mené les ancêtres au combat et au défrichement. Aux étudiants il lègue la science, l'amour du travail, le respect de la discipline. Aux maîtres, à ses pairs, il laisse le souvenir de son érudition, de son affabilité, de son habileté dans l'art, plus que difficile, de bien enseigner. Aux lettrés, il démontre le respect de la langue, l'exactitude dans les recherches, l'élévation des idées, la pureté du style. Aux ouvriers il est toujours de bon conseil et il les convainc par le sens pratique. Aux cultivateurs, il ne cesse de dire qu'ils sont la patrie, et que, chefs du sol, ils doivent se méfier du luxe, de la prodigalité, de la routine, de l'esprit de division et de dénigrement. À tous, il ne cesse de répéter qu'il faut méditer l'histoire de notre passé et que c'est ainsi que nous apprendrons le respect, l'attachement dûs à notre religion, à notre langue, à nos lois. Pour en arriver à ces buts multiples tout lui est bon : conférences, livres, brochures, inventions utiles, articles de journaux, causeries. Et vous croyez qu'après cette tâche, Hubert LaRue a fini ce qu'il s'est si noblement proposé. Non, tout ceci n'est que le repos accordé après le travail obligatoire, accompli. Ces grandes choses ne se pensent, ne s'écrivent qu'après une journée de labeur, de cours donnés, d'analyses chimiques, de conseils médico-légaux, de soins rendus pendant le jour à l'hôpital, au dispensaire, à la maternité, à l'Hôtel-Dieu, pendant le jour et la nuit à sa clientèle.

Quand un homme de cette force s'éteint, le deuil d'une famille s'étend à toute une race.

Patriote et convaincu, rien n'humiliait autant Hubert LaRue que lorsqu'il se trouvait en tête-à-tête avec un de ces livres où la science moderne explique comment elle trouve le néant.

– « *Depuis un quart de siècle, écrivait-il, il a été dans mes attributions de suivre pas à pas l'évolution de la science contemporaine. Les secrets nouveaux que la nature a révélés au microscope, je les ai scrutés, les phénomènes nouveaux que les réactifs chimiques ont fait naître, je les ai constatés. Et après tout cela, je me demande où nous en sommes. La réponse est facile...*

« *On peut bien jouer sur les mots, substituer un vocable nouveau à un autre déjà vieilli, mais le fait dominant reste :*

« *Dieu !* »

Voilà ce que professait, voilà ce que pensait Hubert LaRue. Et n'a-t-il pas raison ? La vie remonte à la vie, c'est-à-dire à l'éternité. Et la vie se compose des infiniment petits comme des êtres les plus perfectionnés, des vibrions, des bactéries, des microbes aussi bien que de l'homme. Qui les a créés ?

- La vie ! la vie ! prétend la science moderne.

- Dieu ! répond Hubert LaRue.

J'ai étudié le lettré, le savant, le patriote, voilà le vrai philosophe et le chrétien !

Marié à mademoiselle Alphonsine Panet, le docteur LaRue trouva le bonheur terrestre dans la vie domestique. De beaux enfants faisaient la joie de la maison, lorsque la mort vint frapper à cette porte si bien close à tous les bruits du dehors. Une maladie rapide enleva Hubert, le fils aîné ; la phtisie emporta, à l'âge de dix-neuf ans, Alphonsine, grande brune, aux yeux doux, rêveurs, vrai type de la beauté, de l'éducation, de la distinction canadienne-française. Dès lors la pensée du savant se tourna vers les mystères de la tombe. Il ne souriait plus.

– La maison natale, l'église, le cimetière, disait-il souvent, le cimetière surtout, voilà la patrie.

Au milieu d'une dissertation, d'une conférence, dans un salon, chez un ami, chez lui, au milieu d'un cours, son œil se voilait. Il balbutiait, terminait brusquement par un trait, par un axiome. Les uns ne constataient que de l'originalité. Ceux qui le connaissaient mieux n'y voyaient que des larmes. Son esprit ailleurs planait sur ces tombes chéries, dans ce petit cimetière, où il m'entraîna par une nuit de clair de lune, et où pendant plus d'une heure il s'agenouilla et sanglota comme un enfant.

Après tous ces départs, il ne faut pas s'étonner si le père s'en est allé vers ses enfants. Huit jours de maladie suffirent. L'avant-veille de sa mort, on vint lui dire qu'un laboratoire qu'il faisait construire chez lui était terminé. Il sourit et regarda son crucifix. N'était-ce pas là qu'était la vraie, l'unique science ?

Maintenant il attend l'heure de la résurrection dans le cimetière de l'île de Saint-Jean d'Orléans, dans l'endroit chéri, arrosé de ses larmes, où pour lui était le cœur de la patrie. Il dort au pied de son père, entre ses enfants, au bruit de ce « mugissement vague, sourd, indéfinissable dans sa grandiose splendeur, qui s'élève du grand fleuve ». Cette description est de lui.

La dernière page de son dernier livre se termine ainsi :

J'y rêve bien souvent à mon bon cimetière,
J'y rêve aussi souvent à cette bonne bière,
Où blanchiront mes os.
J'aurai pour me pleurer les larmes d'une mère,
D'un enfant bien-aimé l'efficace prière,
Et l'éternel repos.

Voilà sa dernière pensée.

Dans ses jours de tristesse, Hubert LaRue aimait souvent à me répéter les vers du « Cimetière neuf » de Blanchemain, de ce grand poète français mort il y a peu de temps. Y avait-il assimilation d'idée ? Avaient-ils tous les deux l'entraînement, la fascination de l'éternité ? Je ne le sais, mais il me paraît y avoir une touchante union entre ces deux âmes.

Dans le cimetière aux murs blancs,
Où ne repose encor personne,
Ont poussé des blés opulents,
Et pour le pauvre on y moissonne.

Seigneur, quelque jour dans ces murs
On moissonnera pour vos granges :
Nos morts seront les épis mûrs,
Les moissonneurs seront vos anges.

Pourvoyeurs de vos cieux d'azur,
Ils feront la récolte humaine,
Gardant pour vous le froment pur
Et jetant la stérile graine.

Dans le cimetière aux murs blancs
Faites, quand je serai sous l'herbe,
Qu'un de vos anges consolants
Me trouve assez mûr pour sa gerbe.

Que me reste-t-il à vous dire ? L'épi mûr a été cueilli. Hubert LaRue n'est plus ici, mais Dieu qui n'oublie pas les siens a laissé à sa famille, à ceux qui le pleurent, le messager de son choix. Depuis la nuit où « au nom du Père » il consola le Christ au moment de la défaillance suprême, cet envoyé ne visite plus que ceux qui prient, qui croient, qui espèrent.

L'Évangile l'appelle l'ange du Jardin des Oliviers. Ceux qui souffrent le nomment l'ange de la Résignation.

FAUCHER DE SAINT-MAURICE.

I

Heure, 4 P. M. - Température, 28°

Je fais un pas ; 32 *charretiers* m'entourent :

« *A carriole, Sir ?* - Une *sleigh*, monsieur ? - Beau temps pour aller à Lorette, monsieur. *Going to Montmorency Falls,* Doctor. »

Ce dernier est le plus traître parmi tous ces traîtres ; il sait, ou il devine que je suis DOCTEUR.

J'ai répondu « merci » aux trente-et-un premiers ; NON, tout sec, au dernier.

Ces 32 jéhus retournent à leur poste, font claquer leurs fouets sur les oreilles de leurs confrères, se donnent des coups de poings dans les lombes : commerce d'amitié, je suis vengé !

Réflexions

Première réflexion

L'homme le plus poli de la terre, c'est le *charretier* de Québec.

Il *mène* bien et vite, avec infiniment de grâce et d'empressement.

Voyez-le circuler dans les rues poétiquement tortueuses de Québec. Quelle prestesse ! quelle manigance ! - Le gondolier de Venise en crèverait de dépit.

Il vous fait passer par mille ornières, par mille trous, par mille cahots. La calèche se disloque, la *carriole* se rompt ; vous devenez nerveux ; ne craignez pas. De temps en temps vous entendez : Marche donc ! marche donc ! Soyez sans crainte, ça marche.

La boue vous vole à la figure ; une avalanche de neige dérobe à vos regards cheval et charretier ; mais vous entendez : « Marche donc ! marche donc ! » - Ça marche, ne craignez rien. Vous montez mille collines, cent montagnes ; vous en descendez trois fois plus. Un *Wo-ho* énergique vous annonce que vous êtes au terme de votre course. Vous mettez pied à terre, tout abasourdi ; vous payez trente sous et vous n'entendez plus « marche donc ! »...

Deuxième réflexion

Il n'y a que deux cochers au monde qui *promènent* bien : celui de Québec et celui de Naples.

Le cocher de Naples

Il parle toujours, chante toujours, jure toujours... ou fait tout à la fois.

(...) Mais mettez à l'épreuve ce cheval qui n'a jamais mangé autre chose que des feuilles de choux, et dont la dent n'a jamais tondu dans un pré de luzerne la largeur de sa langue, et vous verrez qu'il mène bien.

Le cocher de Paris

C'est quelque chose qui fait partie d'un cheval et d'une voiture ; cette voiture s'appelle coupé, diligence, fiacre, même *sapin* !

C'est quelque chose qui est toujours à sa place, comme les tours de Saint-Sulpice ou celles de Notre-Dame ; quelque chose qui ne parle jamais, ne rit jamais ; froid, sérieux, glacé comme la colonne Vendôme en bronze coulé. Ce *chose* a un numéro.

Vous réclamez ses services, deux mots suffisent : « Telle rue, tel numéro, à la course ou à l'heure », et ce chose vous donner sa carte, et il ouvre la portière, et il la referme, et les chevaux ont tout compris, et ils marchent, et le cocher dort, ou s'il ne dort pas, il *s'endort* beaucoup.

Ne lui dites jamais d'aller vite. Ces mots ne seraient pas compris. Le train de ses chevaux est réglé par la « Coutume de Paris », coutume invariable.

Le cocher de Londres

J'en ai connu deux. Le premier était un phaéton du « Handsom Patent Safety » ou quelque chose comme cela, machine breveté qui vous garantit de toutes fractures des membres ou du cou. Le second était un cocher d'omnibus.

Avec ce dernier j'ai entrepris, un jour, le voyage d'une extrémité de Londres à l'autre. Je ne suis pas arrivé au terme de ma course. Le temps était brumeux, et sur la route il nous est arrivé de passer au travers du cheval d'un autre omnibus.

Alors, j'ai *débarqué.*

Troisième réflexion

Aux temps regrettés de Mathusalem – d'après des documents authentiques que j'ai par devers moi – un enfant était un enfant et s'appelait *bébé*, jusqu'à l'âge de 150 ans. À cet âge, il devenait un *garçon* et on lui permettait de porter le pantalon.

À 400 ans, il devenait majeur, et obtenait le droit de gérer ses affaires, sur permis du protonotaire, dûment attesté et enregistré.

Aujourd'hui, à deux ans, il y a longtemps qu'on ne s'appelle plus bébé, il y a longtemps qu'on porte le pantalon.

À 7 ans, on est plus savant que père et mère ; à 10 ans, on est homme fait ; à 12, on boit du *brandy* ; à 15, on se marie ; à 20 ans, on conduit les affaires de son pays.

Mais, par contre-coup, à 50 ans, on est encore élégant ; à 60, on devient amoureux, et à 70, on se remarie pour la 3ème fois.

Vive la jeunesse !

Devant les magasins

Ici, à droite, des marchands ; là, à gauche, des marchands ; en avant, des marchands ; en arrière, des marchands.

C'est-à-dire :

Des pharmaciens chez qui l'on vend des cigares et du savon ; des épiciers chez qui l'on débite des médecines brevetées ; des tailleurs qui font pour vous des habits qui iraient bien à votre voisin.

Dans ces temples du commerce s'agite et se trémousse la cohue de la *Société de Fermeture de bonne heure des magasins.*

Voici un libraire (Octave Crémazie). Au moins celui-ci ne se contente pas de vendre des livres, il en fait et de bien beaux.

Nous avons conservé le brillant héritage,

Légué par nos aïeux, pur de tout alliage,

Sans jamais rien laisser aux ronces du chemin.

Dans ces librairies il y a une foule de romans ; les meilleurs ne valent pas grand'chose. Pourtant, c'est facile à faire, en un volume, en un chapitre, en une page.

Roman

Page 1ère ; chapitre 1er ; tome 1er.

Un navire en mer, bon vent, toutes voiles dehors. Une tempête s'élève ; description de la tempête. L'équipage se révolte, refuse de faire les manœuvres. Désespoir du capitaine. Le navire va sombrer. Un jeune homme à bord aussi une jeune fille. Portraits des deux. Yeux etc, bouche et cils, etc. Le jeune homme prend une résolution. Tire un *revolver* de sa poche, menace de tuer quiconque refusera d'obéir. L'équipage obéit. La tempête s'apaise. Calme plat. Arrivée au port. Cargaison sauvée. Assurances *rassurées*. L'heureux couple marié. Hail Colombia ! Vive la Canadienne ! Yankee Doodle !

Fin du roman.

II

Chez un autre libraire

Ou pourquoi l'Angleterre, la Russie et la Chine ne peuvent pas vivre en paix

Un géographe

Un géographe enragé, membre de la société de géographie du Canada, qui ne rêve que latitudes, longitudes, et dont les pensées sont dirigées vers les terres des Zoulous, du Sahara, de Takrour-Soudan, de l'isthme de Panama, etc., fait son entrée.

Ce géographe, homme d'esprit, malgré son titre, monte au libraire la scie suivante :

- Monsieur, avez-vous le dernier traité sur l'Afghanistan ?

- Oui, monsieur, je vous le jure.

(Une *customer* fait apparition).

Libraire, mon ami, continue le géographe, ne jurez pas. C'est défendu par les lois du ciel et de la terre. On ne doit pas prendre en vain le nom du Seigneur.

C'est tellement le cas que nos législateurs ont inventé une formule de serment qui permet à leurs constituants de se parjurer trois fois par jour sans qu'ils s'en aperçoivent. Je vous demande, avez-vous l'histoire de l'Afghanistan ?

Car je prévois qu'avant longtemps il y aura une guerre entre l'Angleterre, la Russie ou la Chine au sujet de l'Afghanistan.

Savez-vous ce que c'est que la Chine ?

- Signe d'assentiment.

- Dans le dernier traité sur l'Afghanistan, il y a l'histoire de la naissance de la Chine, le pays le plus prolifique de la terre, où toutes les femmes et les filles ont les yeux fendus en amande. Savez-vous où est la Chine ?

- Oui ; c'est à Montréal.

- Nous y sommes. Or, libraire mon ami, la Chine est un pays

grand comme la main sur les cartes du « Dépôt de Livres », inventées pour l'éternelle damnation des enfants futurs, par Oscar Dunn, écuyer. Ce pays de Chine est entouré d'une muraille qui s'appelle « la muraille de Chine », de la même manière qu'on dit « l'encre de chine » qui laisse des traces indélébiles.

Or, monsieur, dans l'histoire de l'Afghanistan, les géographes de mon calibre trouvent des choses admirables. Le Chien d'Or n'est rien comparé à cela ; le chemin de fer du nord, non plus. Tout cela est simple comme bonjour ; asseyez-vous, ami libraire, prêtez l'oreille à mes accents.

En l'an 10,000 A. C., 20,000 avant Confucius ; - vous connaissez Confucius ?

- Signe d'abrutissement !

Deux ou trois fois mille ans après ces 10,000 ans, il y a eu, en ce bas monde, des cataclysmes, des foudroiements, des bouleversements, des tremblements de terre qui faisaient tomber les cheminées des maisons, des déluges, des glaciers, des débordements d'eaux qui ont transporté sur les montagnes les baleines, sur les baleines, les montagnes ; vous comprenez, libraire !

- Oui.

- Eh bien, à ces époques reculées, au dire d'un grave historien, dont je tiens le manuscrit dans ma poche, la lune s'est fendue en quatre.

- En quatre ?

- C'est Méry qui l'a dit.

Vous connaissez Méry ?

- Sans doute ; nous avons fait notre première communion ensemble.

À part quelques petits fragments - de la Chine, pas de Méry - qui tombèrent éparpillés par-ci par-là, la grosse moitié tomba dans la vraie Chine. Vous comprenez ?

- Parfaitement.

Une deuxième portion tomba sur les bancs de Terre-Neuve ; et c'est depuis cette époque que les huîtres malpecs ont la forme de demi-lune. Le troisième fragment est tombé à la Chine, près de

Montréal ; le quatrième je ne sais où.

- Monsieur, si vous me permettiez d'aller répondre à ma *customer.*

- Point, je vous tiens, libraire. J'ai en tête une idée lumineuse, subreptice, et je vais jusqu'au bout. La *customer* est jolie, et le commis sera à elle dans deux minutes.

Pour en revenir à l'histoire de la Chine, vous connaissez le *charretier* Cantin.

- Je crois ben ; il est toujours sur la *stand* du Clarendon.

- C'est cela.

Cantin m'a dit un jour à propos de l'Afghanistan :

Deux coqs vivaient en paix.

Une poule survint ;

Amour, tu perdis Troie !

- En ce temps-là, disait Cantin, la Chine était dans un grand embarras ; car l'Afghanistan est voisin de la Russie, et voisin de l'Angleterre par l'Hinstoustan.

Entre ces deux grandes puissances, il n'y a que deux petites lisières de terre infertiles comme celles des phosphates d'Ottawa ; mais il y a des montagnes, des ravins, des cols, des ravines, des passes et des impasses ; toutes choses très serviables en temps de guerre ; et c'est comme cela, dit Cantin, que les choses arrivent : *les gros finissent toujours par manger les petits,* ou si vous l'aimez mieux :

Deux coqs vivaient en paix, etc.

- Comprenez-vous, dit le géographe ?

- Non, dit le libraire.

À cette réponse inattendue, le géographe élance jusqu'au plafond ses gigantesques jambes, se prend le ventre à deux mains, pousse un éclat de rire homérique, et s'écrie : NI MOI NON PLUS ! !

III

Chez Duquet, ou la création du monde

Histoire du protoplasme

(Pour les anatomistes)

En ce temps-là, c'est-à-dire, lors de la création du monde, Duquet n'existait pas, le téléphone non plus ; et l'univers consistait en un cahos qui roulait sur l'abîme, en un abîme qui roulait sur le cahos.

Je demande à Duquet :

- Avez-vous du protoplasme à vendre ?

Duquet qu'on n'a jamais pris à l'improviste, répond :

- La belle affaire ! mon magasin en est rempli. Est-ce pour argent comptant ou à crédit.

- À votre choix.

- Mais, de quelle espèce ?

- De l'espèce du téléphone.

- Expliquez-vous.

Duquet avait pressenti, trente ans passés, la découverte du téléphone.

- Supposez, dit Duquet - et on découvrira cela - un téléphone à inventer ou à améliorer. Le téléphone sera un composé de bois tendre ou dur, de fils de fer ou d'acier, lesquels, au moyen de fils conducteurs, isolateurs, jamais perturbateurs, transmettront à distance les sons de la voix, dont le siège se trouve dans les cordes vocales, formées de tissu jaune élastique, sises et situées dans le larynx, et dont les vibrations sont dues au passage de l'air atmosphérique, composé d'oxygène et d'azote, sans compter l'acide carbonique et la vapeur d'eau qui ne s'y trouvent qu'à l'état de mélange ; lequel air atmosphérique entre dans les poumons, deux glandes acineuses composées, situées dans la cavité thoracique, dans la cavité des plèvres, voisines du péricarde, aboutissant au diaphragme qui est la cloison de séparation entre la cavité thoracique et la cavité abdominale ; deux cavités que les anatomistes désignent sous le nom pompeux de cavités splanchniques ; et dans ces deux cavités il y a tant de merveilles que la science de l'homme ne viendra jamais à bout de les comprendre ! !

– Mais, ajoute Duquet, ne savez-vous donc pas que Virchow – autrefois rival de Bismarck, avec qui il s'est battu en duel – a formulé, contrairement aux théories du protoplasme, les deux axiomes suivants :

Omnis cellula è cellulâ,

Omne vivum è vivo.

– Quant à moi, dit Duquet, j'admets la cellule sans membrane cellulaire.

– Le protoplasme me suffit, comprenez-vous ?

– Pas un traître mot.

– Bon jour ! Adieu !

Bien que je comprisse que le protoplasme était flambé, je me hasardai à demander à Duquet :

– Et mon protoplasme ?

– C'est, dit Duquet, tout ce que je viens de vous dire ; ça coûte trente sous, argent comptant, un écu à crédit ; pour ceux qui ne comprennent pas, quatre piastres.

IV

Vis-à-vis la côte du Palais

« Un monsieur qui doit mourir en calèche. »

Un cocher : « *A calash, Sir ?* »

J'accepte.

Dix pas plus loin, je fais la rencontre d'un ami et lui dis : « Venez avec moi. »

Il me répond :

- Moi, en calèche ! mais êtes-vous chanceux en voiture ?

Je lui réplique :

- Je n'ai jamais eu d'accidents.

Alors il monte dans ma calèche, me disant : « Vous aurez un accident. »

Et il me raconte son histoire.

- À l'âge de huit ans, j'allais avec ma mère à l'église en calèche. Sur un pont, à quelques arpents de la maison, ma mère tombe hors de la voiture ; le cheval prend l'épouvante et file avec moi. Il fut arrêté à un quart de lieue plus loin par le bedeau de la paroisse, encore plein de vie, du nom de Lachapelle.

Une autre fois, avec un compagnon, je revenais en calèche couverte d'une expédition à Laval. Dans la rue du Pont, notre calèche vient à la rencontre d'une autre voiture. Notre calèche heurte la sienne et nous culbutons sur le trottoir.

Un autre jour, j'allais à la chute Montmorency avec quelques amis. Dans la côte du Sault, le cheval prend l'épouvante ; nous étions cinq dans la voiture et nous avons failli tomber dans la chute ; le cheval s'est arrêté au milieu du pont.

Plus tard, je prends une calèche au poste des cochers, rue Saint-Jean. Je demande au cocher : - Êtes-vous chanceux en voiture ? Il me répond : - Oui, monsieur ; depuis quinze ans que je mène, il ne m'est jamais arrivé aucun accident, pas même de déboucler ou de boucler un des bracelets de ma calèche.

Je lui dis : – Fort bien, allons, et nous aurons un accident.

Vingt pas plus loin, le ressort de la voiture s'est brisé.

Étant à Ottawa, il y a deux ans, un ami me demande d'aller faire une excursion avec lui à 18 milles d'Ottawa, deux chevaux à sa voiture.

Je lui demande : – Êtes-vous chanceux en voiture ?

Étonné, il répond : – Je n'ai jamais eu d'accidents. Je lui dis : – Vous aurez un accident.

Revenant de l'endroit que nous avions visité, un des chevaux prend l'épouvante. Un de mes deux compagnons va sauter à la bride du cheval pour l'arrêter. Le propriétaire des chevaux crie à mon compagnon : – *Do not go near him, he bites.* – Le propriétaire était presque évanoui. Enfin nous parvînmes à tranquiliser le cheval.

Un peu plus tard, étant en voyage à Chicoutimi, nous décidâmes, pour tuer le temps, d'aller au Grand Brûlé : (quatre compagnons, sur trois planches). Je demande à mon cocher :

– Êtes-vous chanceux en voiture ?

– Monsieur, il y a vingt ans que je mène et je n'ai pas eu un accident.

Je lui annonçai en présence de mes compagnons de voyage, qui éclatèrent de rire, et des quatre cochers que nous aurions un accident.

Rendus au milieu de la route, un caillou roulé, de la grosseur du poing, vient me frapper en pleine poitrine, sans me faire aucun mal, heureusement. Je prends le caillou et dis au cocher : – Vous êtes témoin. Au terme de notre course, je montre le caillou à mes amis, et leur dis : – Ne vous avais-je pas prophétisé que j'aurais un accident ?

Sur la demande que j'en fis aux quatre cochers, la réponse fut unanime : – « Jamais nous n'avons vu cela. »

Un autre jour, j'avais loué cheval et voiture pour me rendre à trois milles de Québec ; on dételа mon cheval et on le réattela, en raccourcissant trop les traits. Vis-à-vis le rond à patiner (c'était au printemps), il y avait un immense cahot ; les pattes du cheval viennent en contact avec le palonnier et le cheval prend l'épouvante.

Dix pas plus loin un autre cahot et le cheval *défile*.

Alors je tombai hors de la voiture, et j'en fus quitte pour une entorse.

Et mon ami continua ainsi, indéfiniment, à me raconter une foule d'histoires de ses accidents en voiture. Je n'avais qu'une chose à faire, descendre de la calèche et l'en faire descendre.

V

Encore vis-à-vis de la côte du Palais

Patrick et Jean-Baptiste
Compte-rendu fidèle de leur première querelle

Il arriva, un jour de l'année 1826, que Pat Flanagan, de la paroisse de Tewksbury, comté de Québec, district de Québec, Province du Canada, montait la côte du Palais ; et que Jean Bédard, de la paroisse de Charlesbourg, comté de Québec, même district, descendait la même côte...

Vous pourriez me dire qu'il n'y a, en tout cela, rien d'extraordinaire ; et à la rigueur vous auriez raison. Toutefois, supposons qu'au lieu de monter la côte, Flanagan l'eût descendue, et qu'au lieu de la descendre, Bédard l'eût montée ! Supposons encore qu'au lieu d'aller par la côte du Palais, l'un ou l'autre fût allé par la côte d'Abraham ! Et après ? – Eh bien, après, ayez patience, s'il vous plaît, et prenez votre temps.

Flanagan menait une charge de pommes de terre ; Bédard ne menait rien du tout, vu qu'il revenait du marché de la Haute-Ville, où il avait vendu deux douzaines d'oignons, trois choux et quatre navets.

Il est bon d'avouer, une fois pour toutes, que Jean-Baptiste, à cette époque reculée, était à peu près le même qu'aujourd'hui. N'ayant jamais eu la bosse du calcul, il n'a jamais pu comprendre la valeur du dicton américain qui va à dire que *le temps c'est de l'argent* ; et qu'en conséquence, d'aller au marché avec si peu à vendre, c'est perdre un temps précieux, et, par là même, beaucoup d'argent.

Quoi qu'il en soit, Flanagan, voyant Bédard venir de loin, commença à froncer les sourcils, et se dit à lui-même : « Voici Jean Bédard, de la paroisse de Charlesbourg, qui descend ! »

Et Bédard, voyant Flanagan monter la côte, pensa en lui-même : « Voici Pat Flanagan, de Tewksbury, qui monte ! »

Mais, afin qu'on puisse mieux comprendre la portée des événements qui se déroulèrent en cette mémorable circonstance, il faut prendre les choses de plus haut.

On sait que l'administration des affaires de la cité de Québec est sous le contrôle d'un corps d'hommes choisis parmi nous et élus par nous ; on sait que ce corps, dûment et légalement constitué et incorporé, est désigné sous le nom de : « La Corporation » ou « Le Conseil municipal de la Cité de Québec. »

Or, parmi les nombreux devoirs et les obligations qui incombent à la dite Corporation, il en est un qu'elle prise plus que tous les autres : c'est d'imposer et de percevoir des taxes et cotisations sur vos propriétés... et sur la mienne : comme cheminées, chiens, chevaux, etc.

Un autre privilège qui, dans son estime, ne le cède à aucun autre en importance, est celui qui lui confère le droit de faire les lois et les règlements qui peuvent être de nature à accroître la prospérité de cette ville, ou à assurer le bon comportement de la population. C'est pour rendre plus facile l'exécution de ces lois, que la corporation possède une Cour de Recorder, une prison, des hommes de police.

Pour en revenir à notre sujet, il faut savoir que dès l'année 1826, deux règlements, entre bien d'autres, avaient été passés par notre conseil municipal ; le premier de ces règlements était formulé comme suit :

« Qu'il soit statué, et il est statué que quiconque descendra la côte du Palais, ou autre côte, ou autre chemin, avec une voiture, telle que calèche, cab, cariole, sleigh, traîneau, ou tombereau, devra tenir la droite des dites côtes, côte ou chemin ; et que quiconque montera la dite côte du Palais ou autres côtes ou chemins, prendra le côte gauche des dites côtes ou chemins. »

Le deuxième règlement était formulé comme suit :

« Qu'il soit statué, et il est statué que quand une voiture, telle que calèche, cab, carriole, sleigh, tombereau ou traîneau, montera la côte du Palais, ou autre côte ou chemin, le propriétaire ou conducteur de toute telle voiture cèdera au propriétaire ou conducteur de toute autre voiture qui descendra la dite côte du Palais, ou autre côte, ou chemin, la juste moitié de la largeur des dites côtes, côte ou chemin. »

Une pénalité, n'excédant pas cinq louis dix chelins courant, était imposée sur quiconque contreviendrait à ces règlements.

Il va sans dire que Pat Flanagan, de Tewksbury, et Jean Bédard, de Charlesbourg, n'ignoraient pas l'existence de ces deux règlements ; et tous deux, ne fût-ce que pour ne pas subir les désagréments imposés par la dernière clause, étaient bien résignés à s'y soumettre. Mais, d'un autre côté, tous deux étaient bien déterminés à ne pas outre-passer d'une demi-ligne la stricte limite imposée par la loi du sol.

Conformément à ces vues, Flanagan prit le côté gauche de la côte du Palais, Bédard, le côté droit. Mais, dans la vive ardeur qui les animait tous deux de se tenir dans les justes bornes de leurs droits respectifs, ni Bédard ni Flanagan ne laissa exactement libre la juste moitié du dit chemin ; il s'en manquait un quart de pouce environ de chaque côté ; de sorte que les deux voitures vinrent en contact, et furent mises en pièces ou à peu près ; et aussitôt la chicane commença.

Flanagan dit à Bédard qu'il était un vaurien et un *kenock* ; Bédard, dans un mouvement de grande colère, répliqua que Flanagan était un *paddy*. Pat dit qu'il allait rosser Bédard ; Bédard montra à Pat deux poings formidables. En dépit de toutes ces terribles provocations, il paraissait clair aux yeux des spectateurs - plusieurs m'en ont fait l'aveu depuis - que ni l'un ni l'autre n'avaient sérieusement l'envie de se battre ; au contraire... De sorte qu'après s'être bien chanté pouilles, nos deux héros continuèrent chacun leur chemin. Néanmoins, quand il crut que la distance entre lui et Pat était assez grande, Bédard ne put s'empêcher de tourner la tête encore une fois et de crier à Flanagan qu'il était un *paddy from Cork*, une appellation qui, dans l'idée de Bédard, équivalait à quelque terrible juron ou malédiction, à une espèce d'abomination de la désolation, enfin à la plus sanglante insulte qu'il pût jeter à la face d'un de ses semblables.

Ainsi se termina cette fameuse querelle.

Plus d'un de mes auditeurs pourrait trouver à redire à la conduite tenue en cette circonstance par Flanagan, de Tewksbury, et par Bédard, de Charlesbourg ; plus d'un pourrait prétendre que la cause qui amena cette chicane était futile : la collision de deux voitures dans les rues de Québec est un de ces événements quotidiens qui ne sont considérés que comme des accidents de peu d'importance. Mais, rappelons-nous que de grands effets naissent souvent de petites causes. – Il faut que les hommes se chamaillent ; c'est connu ; et c'est pour cela que le monde est si plein de Bédards et de Flanagans.

Ce qui me frappe, moi, ce n'est pas la futilité du prétexte qui a déterminé la querelle entre Bédard et Flanagan en 1826 ; mais c'est la fréquence de ces querelles depuis ; ce qui me paraît extraordinaire, c'est ce défaut d'union, ce manque d'entente, disons le mot, cette sourde antipathie qui, depuis cette époque reculée, a toujours tenu séparés et divisés les Flanagans et les Bédards du Canada.

Pourtant, si l'on veut se donner la peine d'étudier le caractère des deux peuples, que découvre-t-on ?... On découvre que, aujourd'hui comme autrefois, le même sang celtique circule dans les veines des deux : ce sang celtique si pur, si chaud, et qui a contribué tant au progrès et à l'avancement de la civilisation du genre humain ; on trouve que, à part certains traits distinctifs dans leur apparence physique et dans leur physionomie, les deux peuples offrent dans leurs qualités morales plus d'un point de similitude : même clarté de l'intelligence, même vivacité de l'esprit, et, par-dessus tout, cette même généreuse impulsion de cœur qui les porte à être les plus chauds des amis, les plus généreux des ennemis.

À part ces liens naturels, un autre lien existe : la même divine religion exerce sur les deux la même bénigne influence.

Comment donc se fait-il qu'un souffle empoisonné de discorde ait si souvent fomenté parmi eux la division, la jalousie, des dissensions de toute nature ?

Comme on ne pourrait expliquer, par des causes naturelles une pareille anomalie, il faut admettre que des causes accidentelles ont exercé leur funeste influence pour amener ce triste état de choses.

On sait ce que c'est que la politique ; on sait ce que c'est qu'un politicien.

La politique devrait être un art par lequel un bon, un vertueux citoyen, oublieux de ses intérêts personnels, dévouerait tout son temps, consacrerait tous ses talents, toute son énergie, à servir les intérêts de sa patrie, à accroître le bien-être de ses semblables. Mais, trop souvent, hélas ! la politique est tout l'opposé de ce que je viens de dire ; trop souvent c'est un art par lequel un citoyen indigne, oublieux des intérêts de la patrie, ne pense qu'à améliorer sa position, à augmenter sa fortune personnelle.

Une fois qu'un politicien est entré dans cette voie, il devient peu scrupuleux, souvent même il est à craindre. N'ayant qu'une chose en vue, le succès, c'est-à-dire, emporter son élection, tous les moyens qui peuvent l'aider à gagner son point paraissent bons à ses yeux. En conséquence, il sème la division à pleines mains, fomente la discorde, réchauffe toutes les mauvaises passions des hommes.

De telles choses nous les avons vues malheureusement en plus d'une occasion au milieu de nous : dans cette vieille cité de Québec si justement renommée par le caractère paisible de ses habitants et pour leur politesse.

Nous avons vu les deux populations, française et irlandaise, lancées l'une contre l'autre, sans autre objet que de gagner une élection.

Mais, grâce à Dieu, grâce aussi à ses nouvelles divisions électorales qu'on a établies en cette ville, dernièrement, nous ne serons plus témoins, je l'espère, de scènes aussi désagréables.

Jean-Baptiste peut se battre aujourd'hui contre Jean-Baptiste, à Saint-Roch, si le cœur lui en dit ; Pat contre Pat, dans la rue Champlain ; mais ni l'un ni l'autre ne se paie cette fantaisie. Tous deux sont pleinement satisfaits quand ils ont joué quelque bon tour aux capitaines Voyer et Heigham (faveur que les dignes capitaines n'accordent pas tous les jours) ; tous deux sont au comble de leurs vœux quand ils ont réussi à embrouiller les officiers-rapporteurs des divisions est et ouest.

Que ces dissensions politiques aient été, depuis le commencement, la principale, sinon l'unique cause de cette antipathie qui a existé si longtemps entre les Canadiens-français et les Irlandais, cela devient encore plus évident lorsqu'il m'arrive de visiter quelqu'une de ces paroisses où les deux éléments sont intimement mêlés. Comme ces gens sont unis ! comme ils vivent heureux ensemble !

Ici, il n'y a plus de Bédards, plus de Flanagans. Pat parle le français ; Jean-Baptiste parle l'anglais. Pat dit : *Bon soir* ; Jean-Baptiste répond : *Good night*. Ni l'un ni l'autre ne pourrait dire quel saint occupe la première place dans le paradis : si c'est saint Patrick ou saint Jean Baptiste.

Jean-Baptiste est le parrain des innombrables fils et filles de Pat ; et tôt ou tard il arrive souvent que Jean-Baptiste devient le beau-père de quelque ravissante fille de la vieille Irlande, ou *vice-versa.* Et quand arrivent les glorieuses fêtes de la Saint-Patrice ou de la Saint-Jean-Baptiste, alors vous voyez Pat et Jean marcher côte à côte dans les deux processions : tous deux portant à leur boutonnière et le trèfle et la feuille d'érable.

Parmi les nombreuses qualités que les Canadiens-français reconnaissent aux Irlandais, on remarque les suivantes :

Générosité du cœur, désintéressement, esprit naturel, et cet inaltérable attachement à la foi, à leurs croyances et à leur nationalité, qui fait l'admiration de chacun, commande le respect de tous.

Il n'y a pas de meilleur ami qu'un Irlandais ; il n'y en a pas qui mettent autant d'empressement à courir à votre aide au temps du besoin, il n'y en a pas qui mette au jeu aussi volontiers sa fortune et même sa vie pour venir à votre assistance. – C'est pour cela, sans doute, qu'il est passé en proverbe parmi nous que celui qui offense un Irlandais les offense tous.

L'amitié de l'Irlandais n'est pas un vain simulacre de démonstrations extérieures : cette amitié est pure et sincère ; elle s'étend au-delà de la vie, et se manifeste après la mort encore plus peut-être qu'avant. Sur ce continent d'Amérique, et à Québec comme partout ailleurs, on peut dire, à un simple coup d'œil, si le convoi funèbre qui passe par nos rues accompagne à sa dernière demeure un Irlandais ou quelqu'un appartement à une autre origine : pour cela il suffit de compter le nombre des suivants.

Quant à leur croyance religieuse, les Irlandais l'ont scellée de leur sang, non seulement en Irlande, mais partout où ils ont mis le pied...

L'esprit irlandais, *the irish wit,* a toujours été proverbial ; et les *bons mots* qu'on voit rapportés de temps à autre sur les journaux anglais sont tous mis au crédit de Pat. Rarement un Anglais ou un Écossais se permet un pareil luxe. Pourquoi ? Je ne le sais pas.

Cet esprit présente, parfois, quelque chose de remarquable dans son allure ; il a un cachet particulier qui le fait ressembler beaucoup à l'esprit français.

Chez les peuples qui se distinguent par leur puissance de raisonnement et leur esprit de calcul, ce qui est très comique, ce qui est très spirituel, est bien souvent ce qui paraît être l'opposé de la raison, c'est-à-dire, l'absurde. Par exemple, démontrez à un Anglais, au moyen de quelques calculs mathématiques ou autres, que deux et deux font cinq, et il trouvera cela très drôle, et il rira.

Mais chez les peuples qui se distinguent par la vivacité de l'intelligence, par l'acuité de la perception, ce qui souvent est le plus comique, est justement ce qui est l'opposé de leur caractère, c'est-à-dire la bêtise.

Être bête volontairement, et à propos, ne se fait pas sans un grand effort de l'esprit ; et c'est, je suppose, la raison pour laquelle dans les comédies françaises, un rôle qui réussit toujours bien est ce que les Parisiens appellent le *genre bête*.

Tous les ans, depuis plusieurs années, nous avons vu un mot, une chanson, éclore soudainement dans Paris. Qui a inventé ce mot ? qui a fait cette chanson ? Nul ne le sait : ce qui n'empêche pas que cette chanson, ce mot, se trouvent, en un rien de temps, dans la bouche de tout le monde. Ainsi, on a vu apparaître successivement le « Sire de Framboisie », « As-tu vu Lambert », « Le pied qui r'mue », et d'autres. Et ici-même, n'avons-nous pas vu de pareilles scies éclore tout-à-coup ? Plusieurs se rappellent, qu'il y a quelques années, deux Québecquois ne pouvait se rencontrer dans nos rues sans se dire : « Chez vous sont ben ? » – Nul autre qu'un Français ne pourrait inventer de pareilles bêtises, si ce n'est peut-être un Irlandais ; car, encore une fois, pour trouver des niaiseries pareilles, il faut une dose d'esprit plus qu'ordinaire.

Sur ce point, il me semble que le *wit* irlandais se rapproche de l'esprit français ; voici quelques exemples à l'appui de ma thèse.

Pat raconte les péripéties d'une bataille dont il s'est payé la jouissance avec un autre : « Il était là, dit-il, moi devant lui ; et tout-à-coup, *bang*, il me poche un œil. Je ne perd pas de temps, et *bang*... il me poche l'autre. »

Autre exemple.

Pat subit son procès devant les jurés. Le juge lui pose la question ordinaire. « Êtes-vous coupable ou non coupable ? » – « Assurément, Votre Honneur, réplique Pat, j'aime mieux entendre les témoignages avant que de donner une réponse. »

Un Écossais n'aurait jamais découvert cela.

Voilà quelques-unes des qualités que nous, d'origine française, reconnaissons volontiers être le partage des Irlandais.

De leur côté, les Irlandais doivent admettre que les Canadiens-français peuvent réclamer quelque chose pour eux-mêmes. Par exemple, la politesse, la jovialité de Jean-Baptiste sont connues de tous ; à ce point qu'un étranger - je ne me rappelle plus qui - a cru devoir dire, une fois, que les *habitants* canadiens-français sont un peuple de gentilshommes.

Jean-Baptiste est franc, honnête, et le plus hospitalier des hommes. Allez chez lui ; et les meilleurs plats de son dîner, la meilleure chambre de sa maison, le lit le plus moelleux de son logis seront pour vous.

Jean-Baptiste est généreux et charitable ; les Irlandais le savent.

En 1847, quand les Irlandais mouraient par milliers à la Grosse-Île, à l'Hôpital de la Marine, et partout, les prêtres, les médecins canadiens-français volèrent à leur secours. Dix-sept prêtres canadiens-français contractèrent alors le typhus, dans l'exercice de leur ministère ; de ce nombre trois moururent.

Pas moins de 453 orphelins irlandais furent adoptés à cette époque par des familles canadiennes-françaises ; la plupart de ces familles étaient de la campagne. Ces enfants ont grandi : aujourd'hui, ils sont hommes. Ils ont été élevés de manière à rester fidèles à leur nationalité, de manière à conserver la fierté de leurs noms irlandais.

Et aussi, en quelque situation qu'il a plu à la providence d'appeler ces orphelins irlandais, ils sont toujours heureux lorsqu'ils parlent de leur *home* ; et ce *home* n'est ordinairement que la maison d'un *habitant* canadien-français !

Quelques-uns trouvent que Jean-Baptiste est un peu lent, manque d'initiative et n'entre qu'avec difficulté dans la voie du progrès. Cela est vrai ; mais il faut se rappeler une chose. Jean-Baptiste est laissé à ses propres ressources, il lui faut tout faire par lui-même. Nos voisins, les Américains, les Ontariens reçoivent annuellement de l'Europe, un nombre considérable d'immigrants appartenant à leurs nationalités respectives.

Ces éléments nouveaux apportent avec eux des idées nouvelles, des inventions nouvelles, qu'ils propagent promptement autour d'eux. Jean-Baptiste ne reçoit aucune aide semblable : abandonné à lui-même, il lui faut faire son chemin tout seul...

Enfin, un dernier trait de caractère qui me paraît être commun à Pat et à Jean-Baptiste est cette indépendance de caractère, cette insouciance du qu'en dira-t-on qui est le contraire de la dissimulation. Ils n'ont pas ce sentiment intime, incarné dans John Bull, et que je ne saurais mieux exprimer que par les mots : « Conserver sa dignité. » Ceci sera mieux compris par un exemple.

Il arrive de temps à autre que John Bull se trouve disposé à faire un *spree*. D'un autre côté, Pat ne refuse pas un verre ou deux de whiskey offerts par l'amitié, et Jean-Baptiste, comme on dit en français, *ne crache pas dedans.*

Mais, quand John Bull a décidé de faire une fête – chose qu'il calcule comme toute autre – il fait cela sagement. Il se renferme chez lui, seul ou avec quelques amis ; et là, il boit, boit, Dieu sait ce qu'il peut boire ! Mais aussitôt qu'il s'aperçoit qu'il est ivre, il prend soin de sa dignité : cette dignité qu'il craint, avant tout, de compromettre : et il va se coucher comme un Monsieur. Le lendemain matin, il prend son bain, puis son déjeûner ; et à dix heures précises, vous le trouvez à son comptoir, lisant le *Mercury* ou le *Morning Chronicle*, sobre comme un juge...

Patrick et Jean-Baptiste ne font pas les choses tout-à-fait comme cela.

Aussitôt que l'un ou l'autre ressent les effets du *stimulus,* vite ils chantent, dansent, font le diable à quatre, s'exhibent dans les rues, se battent. Ils ne jouiraient pas pleinement de leur bonheur s'ils ne le partageaient pas avec tout le monde ; et voilà pourquoi vous trouvez tant de noms irlandais et canadiens-français sur la liste des délinquants qui comparaissent chaque jour devant le *Recorder*, et si peu de noms anglais ou écossais.

On pourrait remplir de nombreuses pages avec l'énumération de tous le défauts que l'on attribue aux Irlandais. Mais ces défauts que sont-ils le plus souvent ? si ce n'est l'exagération de leurs bonnes qualités. Je me demande si, sur terre, on pourrait trouver une autre race qui, après avoir tant enduré, et pendant si longtemps, aurait pu conserver un caractère aussi bon, un degré d'intelligence aussi élevé, de civilisation aussi avancée.

Je ne flatte pas ; je ne flatte jamais ; mais je dirai que j'ai connu des Irlandais depuis ma première enfance. Deux de mes maîtres d'écoles, lorsque je n'avais que si ou sept ans, étaient irlandais ; depuis, j'ai toujours été en rapport intime, comme nous le sommes tous, avec quelques-uns d'eux : au séminaire de Québec, et à l'ancienne école de médecine de cette ville ; depuis quinze ans, à l'Université Laval où l'on compte toujours un certain nombre d'élèves d'origine irlandaise. Eh bien ! je l'avouerai, tous ceux que j'ai connus, sans une exception, étaient doués de beaucoup de talent et d'intelligence. Quelques-uns étaient un peu légers, comme le sont souvent les jeunes gens ; mais imbéciles ? jamais.

Voilà autant de réflexions qui, si elles étaient une fois bien comprises, devraient, ce me semble, faire taire à jamais ces mesquines susceptibilités de races qui ne peuvent qu'engendrer ce fatal esprit de discorde et de désunion qui a déjà fait bien du mal à ce pays. Les deux races doivent s'entendre et se comprendre ; et si elles le veulent, elles s'entendront et se comprendront, à la grande satisfaction de ceux qui, comme moi, désirent de ne plus voir se renouveler la folle querelle de Jean Bédard et de Pat Flanagan en 1826.

Encore un mot, et je termine. Une conférence devrait toujours finir comme un festin, comme un banquet : par un *toast* au beau sexe ; c'est ce que je ferai.

Parmi les diverses cités que j'ai eu l'occasion de visiter durant mon séjour en Europe, plusieurs étaient en grand renom pour la beauté et les grâces naturelles de leurs femmes : telles étaient, entr'autres, Gand, en Belgique, Arles, en France, Albano, en Italie.

Depuis de nombreuses années, Québec, s'est acquis une réputation méritée sous ce rapport.

Quand j'étais un jeune homme - il y a longtemps de cela ! - il m'arrivait de temps à autre, d'offrir l'hospitalité à quelques jeunes gens de Montréal ou d'ailleurs. Après un bout d'entretien sur la politique ou autres futilités, la conversation finissait par tomber, naturellement, sur ce sujet toujours palpitant d'intérêt ; et afin de permettre à ces *jeunesses* de mieux juger si Québec avait, ou non, usurpé injustement cette enviable réputation, j'avais coutume de leur dire : « Demain est dimanche ; vous allez à l'église comme de raison. Après la grande messe, tenez-vous pendant dix minutes aux portes des églises cathédrales française et anglaise, ou à celles des églises du faubourg Saint-Jean ou de Saint-Rock ; mais prenez garde, n'oubliez pas Saint-Patrice ! »

VI

Histoire de la vache de la Rivière-du-Loup (en bas)

(Scène de mœurs canadiennes)

Chez Fuchs

Bonjour, monsieur Fuchs.

(Monsieur Fuchs, tailleur émérite, alsacien pur sang, armé d'une longue paire de ciseaux, était en train de tailler des pantalons, des gilets, des redingotes, des habits de cérémonie, pour une foule d'employés récalcitrants du gouvernement qui demeuraient autrefois à Québec, et qui, depuis, ont établi domicile irrévocable à Ottawa. Ces fonctionnaires, à leur départ, ont oublié de solder la note de monsieur Fuchs.)

Monsieur Fuchs me répondit : - Pon chour.

- Le pont est pris monsieur Fuchs.

- Oui, et on tid que le bon est pont. - Gonnaissez-vous Monsieur, en m'indiquant un citoyen de la Rivière-du-Loup qui était là ? Ce monsieur va vous ragonder la ternière hisdoire t'en pas.

Et le monsieur me raconta ce qu'on va lire.

Parmi les paroisses nouvellement ouvertes à la colonisation dans ces parages, il y en avait une où demeurait un homme, et *pis* une femme, et *pis* sept enfants.

L'homme partait le matin, et amenait avec lui sa vache. Il y avait un bois à traverser ; au delà du bois, un pré, au delà du pré, un autre bois où le colon défrichait.

Dans le pré, entre les deux bois, le défricheur, un jour, laissa sa vache portant un licou fixé à une corde ; cette corde était attachée à une clôture.

Le colon s'enfonça dans le bois.

Passent par là deux voleurs.

- Volons la vache, disent-ils.

– Volons : mais le moyen ?

– Facile, dit l'un d'eux, je vais me passer le licou sur la tête, et toi, file avec la vache.

Qui fut dit fut fait ; et voilà la vache qui file avec un des voleurs, et l'autre voleur, avec le licou sur la tête, reste fixé à un piquet de clôture.

La journée faite, le colon revient du bois, et, à sa grande surprise, là où était sa vache, il aperçoit un homme immobile comme un dilemme. Le colon se tient à distance, examine, observe, et, finalement, se hasarde à dire :

– Monsieur, oùs qu'est ma vache ?

– *Motte* !

– Le colon s'enhardit, et répète la question : « Monsieur, oùs qu'est ma vache ? »

– *Motte* !

Finalement, le colon s'approche encore plus...

Lors, l'homme-vache pousse un grand soupir. « Ah, monsieur ! s'écrie-t-il, quel service vous m'avez rendu !

– Comment cela, monsieur ? mais oùs qu'est ma vache ?

– Imaginez que votre vache c'était moi.

– Vous ?

– En personne, monsieur !

– Figurez-vous qu'il y avait sept ans que je courais le loup-garou, et que j'étais devenu vache à mon grand détriment pour la punition de mes péchés. Et lorsque vous m'avez amarré à la clôture, à l'heure de sept heures et demie, avec votre ongle vous m'avez fait sortir une goutte de sang de l'oreille, et vous m'avez délivré !

– Pas possible !

– Vrai comme je vous l'dis.

– Ah ben ! vous ne partirez toujours pas sans voir ma femme.

– Comme vous voudrez.

L'homme-vache est conduit chez la femme du colon.

– Tu vois, dit le colon, cet homme gras et rougeaud ?

- Oui.

- Eh bien ! c'est notre vache !... et le colon raconte à sa femme toute l'histoire du loup-garou.

- Ah ben, dit madame, vous ne partirez pas d'ici sans voir tout ce que vous avez fait. D'abord, on ira à la laiterie.

- Pas de difficulté.

- Vous avez, monsieur, dit la dame, ces huit belles terrinées de lait sur la première tablette.

- Oui.

- C'est votre *traite* du matin.

- Et les trois tinettes de beurre ?

- Oui.

- C'est votre beurre de trois semaines.

- À c't'heure, on va aller à l'étable.

On va à l'étable.

- Voyez-vous, dit madame, ce beau veau ?

- Oui.

- C'est votre veau du printemps.

Pendant ce temps-là, l'autre voleur filait avec la vache.

VII

Confiserie, confiseur, confiseuse, confiture

Chez Grace

Il y a, paraît-il, des gens qui n'éprouvent aucune émotion intérieure à la vue de ces petits biscuits que je vois là, à l'aspect du confiseur, des... confitures, d'une confiseuse ; toutes choses dont ne me sépare, à l'heure qu'il est, que l'épaisseur d'une vitre. Il y a des gens, en chair et en os, gens qui parlent, qui marchent, ont des yeux, une bouche, un palais, et qui, avec un sang froid imperturbable, sans que le feu leur monte à la tête, sans que l'eau leur vienne à la bouche, peuvent contempler, d'un œil sec, avec un palais encore plus sec, ces bons petits pâtés, ces excellentes sucreries, ces délicieuses crèmes à la glace, et... la confiseuse ! !

Dans ce cornet qui est là suspendu dans la *vitrine*, sur lequel des mains délicates ont tracé de jolis dessins, et que le langage recherché de nos salons a décoré du nom de *bonbonnière*, c'est peut-être un effet d'imagination - mais il me semble que je flaire l'odeur pénétrante des... *mottos*.

Hélas ! combien d'années se sont écoulées avant que j'aie pu, collégien naïf, deviner le secret de ce parfum des mottos quand vous entrez chez un confiseur de renom.

Entrons. Mademoiselle avez-vous des mottos ?

- Certainement.

En présence des mottos.

(Souvenir d'un bal)

En ce temps-là, quand vous avez dansé le quadrille et les lanciers, pour la vingtième fois ; quand vous avez sué sang et eau pour l'exécution des manœuvres de cette gymnastique compliquée qui consiste à mettre, alternativement, un pied en avant, et l'autre, en arrière, ayant les deux mains soigneusement emprisonnées dans une paire de gants blancs ; quand vous avez passé par toutes les tribulations du « *Pantalon*, de la *Poule*, et de la *Chaîne des dames* ; quand tout ce joli monde vous a appris, et que vous lui avez réappris qu'il fait beau temps, qu'il a fait beau temps, qu'il fera beau temps ; enfin, quand vous avez prié chacune des dames de vous faire le *plaisir de danser...* alors, minuit sonne, parfois une heure : et si vous voulez m'en croire, il n'y a rien mieux à faire que de faire comme les autres ; à savoir : descendre ou monter, tourner à droite ou à gauche, et comme une table est là, se dressant devant vous :

Recipe : Salade de homards, charlotte russe, galantine, perdrix, poulets, gelée. Vins de Xérès, d'Oporto, etc., etc. ; et ne vous effacez pas sitôt : voici l'arrivée des mottos : Ouvrez-en quelques-uns.

Lisez :

La fortune est une femelle
C'est-à-dire qu'elle est infidèle.
Des femmes on gagne le cœur
En les prenant par... la douceur.

Buvant à tes vertus, Délie,
Je serai gris... toute ma vie.

Faites l'amour en prose, après cela.

Il est des gens qui s'imaginent que les instruments de torture tels que la roue, les tenailles, le chevalet sont des institutions d'un autre âge, et dont le siècle des lumières a perdu le secret d'invention.

Erreur :

Si la roue a cessé de tourner et de disloquer les articulations ; si le chevalet ne fracture plus les os, en revanche, il nous reste la SCIE !

La *scie* ! la voici personnifiée dans ce *speecher* impitoyable, qui grisé par l'odeur des mottos, va vous exécuter de la manière suivante ; ce genre de supplice s'appelle... UNE IMPROVISATION.

Il se lève :

Messieurs, remplissez vos verres, j'ai une santé à proposer :

(Silence partout ; plusieurs suent à grosses gouttes ; l'orateur tousse, étend la main droite, et) dit :

« Messieurs... Messieurs... vous savez... je ne suis pas habitué à l'habitude de la parole... Mais, messieurs... mes sentiments... que vous connaissez bien... font que... réunis ici... ce soir... dans cette enceinte où jouissant... de l'hospitalité... hospitalière de notre hôte... vous savez... par l'honneur qu'il nous a fait... en vous invitant ici ce soir... Messieurs... dans cette honorable assemblée... vous savez... je propose la santé de notre hôte !... »

Çà, c'est un *speech* de salon ! avec la guillotine, au moins, c'est plus vite fait.

- Mademoiselle, combien vous dois-je ?

- *Twenty five cents, Sir !*

C'est très bas prix ; j'aurai l'honneur de revenir avec votre bienveillante permission.

Un *of course, Sir* pour réponse, embelli d'un sourire qui valait bien 50 cents, d'une œillade qui en valait 200.

M. Alphonse de Lamartine, poète, qui, ès qualité, se suicidait impitoyablement dans la plupart de ses vers, se serait écrié à la vue de ces beaux yeux bleus : « Baisse-les, c'est assez, baisse-les, ou je meurs. »

Mais, moi simple prosateur, je tiens à la vie, je sors de la confiserie, j'oublie les confitures, je m'incline devant la confiseuse et je me sauve.

VIII

Une nuit dans un cimetière

Au sortir de la confiserie, je tombe dans les bras d'un étudiant en médecine, ancien compagnon. La nuit de la veille, il avait fait, avec trois autres, ce qu'on appelle une *expédition* !

- Heureux de te rencontrer, me dit-il.

- Et pourquoi ?

- Parce que je veux te lire une pièce de ma composition.

- Et le sujet de ta composition ?

Une nuit dans un cimetière

- Tu comprends ?

- Parfaitement.

- Entrons ici, et lis-moi cela.

...... « Car il est bon de voir les morts,
et de converser avec eux. »

La nuit est sombre, humide, glaciale.

Et de gros nuages noirs, vont se précipitant dans l'espace, et se roulant sur un ciel gris foncé : on dirait les lambeaux déchirés d'un immense drap mortuaire, étendus sur une vaste bière de plomb.

Marchons à pas lents... car la neige crie sous les pas.

Une grande croix noire se dessine aux regards... avec ses deux bras étendus, elle paraît s'élever... se grandir, s'élever encore, et se dresser, menaçante, comme pour protéger ces milliers de morts qui reposent à ses pieds, et dorment leur dernier sommeil.

La palissade est franchie... Mille voix s'élèvent de ces cendres à peine refroidies, et qui semblent se ranimer au bruit de vos pas ;

voix aigres, lugubres, criardes ; voix de fantômes, voix des morts...

Tout parle, tout pleure, tout gémit dans un cimetière au milieu de la nuit...

C'est un glaçon qui se détache, et qui en tombant, résonne sur le verglas, comme le son d'une cloche.

C'est une branche, qui roide et glacée, se brise et se casse... nouveau cadavre qui s'affaise, rongé par la dent impitoyable du temps, et vient ajouter son nouvel atome à la poussière des morts.

C'est un clou qui se déplace... C'est un grain de sable qui tombe sur un cercueil... déjà vide.

C'est la planche d'un cercueil qui se disjoint et se rompt...

Et partout de petites croix noires, autour desquelles s'enroulent de frêles arbustes... c'est la vie qui ne peut se soutenir, qu'en s'appuyant sur ces faibles monuments de la mort.

... Et les bouffées de la brise sont encore plus froides, plus humides, plus glaciales...

Là... une terre fraîchement remuée... gouffre avide dont l'ouverture est fermée temporairement par deux planches.

Et ce gouffre est le palais des cercueils !

L'eau s'infiltre à travers le tuf, et suinte au plafond ; et... goutte à goutte... goutte à goutte... elle tombe... tombe... et tombe toujours ; et chacune des gouttes marque un de ces instants passagers, qu'on appelle... les instants de l'éternité !

Et ce lieu est tellement le lieu du repos, tellement le lieu du silence, que, malgré vous, vous retenez votre haleine... et le plus léger souffle qui s'échappe de votre poitrine, retentit à votre oreille comme un son rauque d'agonisant, comme un râle de moribond.

Courage ! ouvrons un de ces cercueils... car il est bon de voir les morts, et de converser avec eux.

... Et le fer aigu a grincé... et les clous rouillés ont cédé, et...

Voyez...

Un drap blanc... un suaire blanc... Yeux caves... joues creuses... bouche ouverte... taches bleuâtres, livides, noirâtres... sueur visqueuse et gluante qui retient votre main malgré vous.

Le reconnaissez-vous ?

C'est LUI !...

C'est ELLE ! !...

C'est Un mort ! ! !...

– Ce n'est pas mal, lui dis-je, tu as du talent, continue, et surtout persévère et je te prédis du succès.

IX

Épisode du choléra de 1849

Un revenant

Dans la même maison, où mon ami venait de me faire lecture de sa composition, avait eu lieu un singulier épisode en 1849.

Quatre amis veillaient un mort et la conversation suivante eut lieu entre eux.

L'un prétendait que les morts ne lui avaient jamais inspiré aucune frayeur.

Un autre avouait qu'il en avait eu peur pendant longtemps, mais que, peu à peu, cela s'était passé, et qu'aujourd'hui il pourrait aller se promener, sans aucune souleur, au beau milieu du cimetière en plein cœur de minuit. Le troisième disait tenir de sa bisaïeule une recette infaillible pour se débarrasser de cette crainte puérile, cette recette consistait à toucher de la main, la main, le pied ou la joue du mort. Le quatrième qui n'avait pas encore pris part à la conversation, raconta ce qui suit :

Une nuit, je veillais auprès d'un mort avec un de mes amis, paroisse de...

Le mort était étendu sur son lit funèbre, et recouvert d'un drap blanc, sous lequel se dessinaient confusément la tête d'abord, les mains ensuite, croisées sur la poitrine, et les pieds. Auprès du lit était une petite table recouverte d'un drap blanc, et sur cette table deux chandelles fumeuses projetaient dans l'appartement une lueur incertaine. Sur la même table, entre les deux chandeliers, on voyait une soucoupe remplie d'eau bénite dans laquelle plongeait une branche de rameau bénit.

Mon compagnon était assis dans l'angle de la cheminée, moi j'étais assis à l'autre extrémité de la chambre en face du lit funèbre.

Nous conversâmes pendant quelque temps de choses et d'autres, des bonnes qualités du défunt, du vide que sa mort laissait, au milieu de sa famille et de ses amis ; nous répétâmes toutes ces banalités que l'on répète à propos de tous les morts et que l'on oublie l'instant d'après.

Une vieille horloge - couronnée de trois boules de cuivre - horloge du temps des Français comme disait mon compagnon, se mit à sonner une heure. Cinq minutes plus tard, un ronflement vigoureux m'annonça que mon compagnon de veille n'était plus là que pour la forme. « Après tout, me dis-je, à moi-même, il a peut-être raison ; le mort n'en sera pas plus mal pour tout cela et mon compagnon s'en trouvera bien mieux demain matin. Pourquoi n'en ferais-je pas autant ! »

Je fermai les yeux, j'essayai de dormir. Mais le voisinage du mort, les sifflements sinistres de la rafale qui s'engouffraient dans la cheminée, le pétillement de la grêle et de la neige sur les vitres me tenaient éveillé malgré moi.

Mille idées bizarres, mille réflexions me tourmentaient l'esprit. « Un jour, je serai comme cela, moi aussi... des parents, des amis, viendront jeter un peu d'eau bénite sur mon corps, faire une courte prière à mon intention... Qui veillera auprès de moi la dernière nuit ?... Puis le service... puis six pieds de terre, et plus rien... »

La neige et la grêle fouettaient toujours les vitres, le vent mugissait dans la cheminée, et mon compagnon continuait à ronfler.

J'ouvre les yeux, mais, qu'aperçois-je, grands dieux !... Le drap funèbre qui se soulève, et les pieds du mort qui s'agitent !... Un frisson d'horreur me glace les veines... je ferme les yeux malgré moi.

Je les rouvre au bout de quelques secondes, je regarde, voulant me convaincre que c'est une hallucination, une illusion de la vue. Hélas ! je n'ai que trop bien vu. Cette fois, ce ne sont pas les pieds, mais bien les genoux qui se meuvent.

De deux choses l'une, pensai-je en moi-même, ou ce mort n'est pas bien mort, ou il va ressusciter ; alors, il vaut mieux me tenir prêt à toutes les éventualités ; je fixai les yeux sur le lit, décidé à épier tous les mouvements du mort et à me mettre en garde.

Tout-à-coup, voilà les mains qui se soulèvent.

C'en est fait, me dis-je, il va se lever. J'aurais voulu crier, appeler mon compagnon ; j'avais peur de l'écho même de ma voix ; une sueur froide perlait sur mon front. Je regarde autour de moi, cherchant une issue pour sortir. La porte me semblait cent fois trop loin ; tout auprès de moi était une fenêtre, mais il fallait le temps pour l'ouvrir... si je pouvais passer à travers !

Enfin, redoublement de frayeur ! voilà la tête qui s'agite. Je n'y tiens plus. Je bondis sur mes pieds, saisis ma chaise à deux mains, résolu de me défendre jusqu'au bout et de tuer ce mort s'il n'était pas bien mort...

Heureusement, je ne fus pas contraint d'en venir à cette extrémité ; l'instant d'après je vis sortir de dessous le drap... *un gros chat gris ! !*

X

Chez monsieur Charles Hamel

Dans cette vieille maison d'un autre âge que nous laissons à notre droite, saluons en passant ces vétérans des lettres, de l'histoire, de l'archéologie, qui ont formé un club désigné sous le nom de *Club des anciens.* Ces cubistes vénérables se réunissent à quatre heures P.M. chez Charles Hamel.

Voici, au sujet de ce club, les renseignements que me donne notre archéologue distingué, monsieur J. M. LeMoine.

De 1850 à 1860, il y avait chaque après-midi, pendant la morte saison de l'hiver, fort agréable réunion d'anciens Québecquois au magasin de Charles Hamel, rue Saint-Jean.

Ces amis n'étaient pas tous des ascètes ; on trouvait là causant ensemble d'anciens marchands, vétérans des affaires : *long John* Fraser, Henry Forsyth, père, Benj. Lemoine, père ; des historiens et archéologues tels que F.-X. Garneau, G.-B. Faribault, Philippe Aubert de Gaspé, le commissaire général Jas. Thompson, George Alford, le major LaFleur. Parmi ces clubistes, il y avait des jouvenceaux de 50 à 60 ans ; les doyens se targuaient de leurs 60 à 70 ans.

La conversation ne languissait guère : mais certains sujets souvent repris, puis mis de côté, avaient le privilège de faire battre les cœurs plus vite, tels : la guerre de 1812 - de Salaberry - le général Brock - puis des conversations intarrissables sur les antiquités de Québec et de ses environs.

XI

Un poète

Me voici chez Johnson, boulanger de renom. Quoique les jointures de la porte de Johnson soient bien closes, il s'exhale de ce magasin un arôme de petits pains chauds qui, durant les quatre-temps ou pendant le carême, vous prend à la membrane pituitaire ; contre les tentations de cet arôme un saint Antoine aurait peine à se défendre.

Un poète famélique était là ; il n'avait pas mangé depuis deux jours. Respirant le parfum des petits pains chauds de Johnson avant qu'il pût y goûter, il sortit de sa poche une poésie qu'il me lut ; je la reproduis :

À une momie

Ne répondras tu pas, spectre à la face humaine,
Cendre des temps passés, ombre vide, mais pleine
Des échos d'autrefois ?
Ne répondras-tu pas ?... De ton écorce creuse
Ne peut-il donc sortir que la cendre poudreuse
Qui jaillit sous mes doigts !

Trois mille ans ont passé ! et la poussière immense
De tant d'âges éteints garde un muet silence :
Rien ne parle, tout dort.
Titres, fortune, honneurs, trône, empire, couronne,
Tout est bien confondu... pas un bruit ne résonne
Sur ce champ de la mort.

Trois milles ans ont passé ! et pourtant sur ta face

Il me semble encor voir comme un souffle qui passe,
Souffle du Créateur.
Tes yeux sont là : ces yeux qui virent tant de choses !...
Tes pieds, tes mains sont là ! mais tes lèvres sont closes,
Immobile est ton cœur.

De Bel as-tu jamais vanté les artifices ?
As-tu jamais souillé dans d'affreux sacrifices
Ces mains vieilles de trois mille ans ?
Tes pieds ont-ils suivi les pas du bœuf stupide
Que l'Égypte adorait ? Vis-tu d'un œil avide
Des premiers-nés Hébreux les cadavres sanglants ?

Mais tu ne réponds pas !... Ton obstiné silence
Ne cessera qu'au jour marqué pour ta sentence,
Au jour du grand réveil.
Alors se délieront tes blanches bandelettes ;
Des mots naîtront encor sur tes lèvres muettes !...
Jusque-là, dors en paix, dors ton dernier sommeil.

Continuez, lui dis-je ; faites des vers, et vous êtes sûr d'avoir faim toute votre vie, indice d'une bonne santé.

Ah ! me dit-il, il y a longtemps que j'ai pris cette habitude.

Écoutez un épisode de ma jeunesse.

Je suis né sur une île, à quelques lieues de Québec. Mon père était riche de treize enfants ; il n'a eu pour tout revenu durant l'espace de quarante ans que la modique somme de cent cinquante louis par année, bon an mal an.

Avec ces faibles ressources il a trouvé moyen de faire instruire tous ses enfants.

Un jour, à l'âge de neuf ans, je revenais de râteler et de charger du foin à deux lieues de la maison paternelle. Juste vis-à-vis de la chambrette de la maison où je suis né, mon père me dit : « Henri, veux-tu aller au séminaire cet automne ? »

Je fis réponse : « Je ne demande pas mieux. »

Trois jours après, nous montions à Québec, louvoyant en chaloupe pendant l'espace de six heures, trempés jusqu'aux os, en vue de consulter l'abbé Holmes sur l'opportunité qu'il y avait de me faire faire un cours d'études classiques.

Arrivés à *la place*, ancien nom du marché Finlay, mon père me dit : « Henri, as-tu faim ? »

Naturellement je répondis « Oui ». Et nous allâmes sur le marché Finlay où mon père acheta deux croquignoles en forme de crapaud, et deux petits chevaux de pains d'épices ; total de la dépense : six sous.

De là, nous allâmes chercher un gîte pour la nuit. Ce fut au quai du Palais chez un nommé Soucy ; total des dépenses pour notre lit, quinze sous.

Le lendemain matin, au réveil, mon père me demanda : « Henri, as-tu faim ? » Je répondis « oui ». Nous allâmes sur le quai du Palais où mon père acheta deux croquignoles et deux chevaux de pains d'épices : total des dépenses, quatre sous.

Économie sur le marché de *la place*, au palais, deux sous, comparée aux dépenses du marché de la basse-ville ; économie cinquante pour cent.

Il y avait alors protection pour le marché de la basse-ville, pas de protection pour le marché du Palais. Mais, me dit mon ami, j'ai connu un autre prodige : c'était le bedeau de ma paroisse.

En qualité de bedeau il avait pour salaire trente six louis par année. Ce bedeau était cordonnier de métier. Il fabriquait des bottes sauvages, des souliers français et des bottes malouines. Sa famille se composait de dix garçons et d'un certain nombre de filles.

Ce vaillant homme, boîteux, a fait donner une instruction classique à la plupart de ses enfants.

Pour subvenir à ces dépenses énormes il se privait de tout ; il est mort sous le harnais.

Et nos mères, me dit-il ! elles faisaient la cuisine, cousaient les habits de leurs enfants, lavaient leur *butin*, comme on dit en ce pays, n'avaient pas de servantes, se privaient de toute jouissance pour le bonheur de leurs enfants.

Sur ce, mon ami me serra la main ; il avait les larmes aux yeux.

Je lui souhaitai le bonsoir, et lui donnai furtivement une petite aumône qui lui permit de faire l'acquisition de quelques-uns de ces petits pains de Johnson que quelques instants auparavant il avait tant convoités.

XII

En face de la porte Saint-Jean

Un littérateur

Je salue un littérateur qui persiste à me vouloir réciter ses dernières pages.

Comme le froid est très vif, je me débarrasse facilement de cet importun, et j'esquisse son portrait en passant.

Taille : 5 pieds 9 pouces. - Mesure autour de la poitrine : 40 pouces. - Tempérament, mixte nervoso bilieux. - Race blanche. Âge 35 ans, plus ou moins. D'hypertrophie, d'atrophie, de dégénérescence, d'inflammation, de fluxion, de congestion, point. Sujet de première classe pour une assurance sur la vie.

Port d'un duc ou d'un grand connétable ; maintien d'un maréchal de France ou d'Espagne ; pose d'un général de brigade ; tenue d'un tambour major.

Seul, cet homme est toujours sérieux et grave ; sérieux comme un notaire, quand il est en voie d'instrumenter, grave comme un débiteur qui descend la côte de la basse-ville et se dirige vers la banque Nationale, pour y solder un billet échu de la veille.

Qu'un ami vienne à sa rencontre, et, incontinent, cette excellente pâte de figure d'honnête homme et d'homme honnête se déride. Un sourire naît sur ses lèvres ; ce sourire devient bientôt un franc éclat de rire, lequel irradie aux yeux, au front, à toute la physionomie. Parvenu à ce degré de paroxysme, il vous lance à la tête une de ces bonnes grosses et gauloises bêtises dont les gens qui ont infiniment d'esprit ont seuls le secret.

Vous ripostez ; une riposte rencontre la vôtre en chemin ; vous ne ripostez plus, et pour cause ; vous perdriez à ce jeu et votre grec et votre latin.

Sur ce terrain dangereux, notre littérateur peut mettre en déroute tout un bataillon des sujets des Roys de France et de Navarre.

Dans la conversation intime, ce littérateur manie l'anecdote comme un spadassin manie le sabre ou l'épée. Les pointes et les contre-pointes se succèdent avec rapidité et portent si juste qu'à chaque instant vous dites : Touché.

Toutefois, chose rare, dans l'espace de cinq minutes, il peut mettre à trois sauces différentes la même historiette. Ce sera bien la même chose, et (miracle de génie) chose toute différente.

Cela n'empêche pas que ce littérateur sera toujours un des premiers entre tous : *premus inter pares*.

La postérité, avec laquelle il n'a encore eu rien à démêler, lui érigera peut-être un humble monument funèbre dans la modeste paroisse de Beaumont. Si jamais je passe par là, j'irai m'incliner devant sa pierre funéraire.

Si mon monument est érigé avant le sien à Saint-Jean, île d'Orléans, ce littérateur ne sera pas, j'en suis sûr, en reste de courtoisie.

XIII

Sous la porte Saint-Jean

Un politicien désabusé

Auteur d'un petit manuel d'agriculture à l'usage des écoles

C'était un homme politique qui n'avait jamais fait qu'un discours d'élection dans sa paroisse natale. Il avait eu deux voix, et son adversaire sept cent cinquante.

Crevant de dépit, ivre de colère, il me passa le manuscrit suivant qu'il se proposait de publier dans le prochain numéro de son journal favori, et que je reproduis mot pour mot.

Il y a un proverbe qui dit : si tu veux être en paix avec ton voisin, n'aie pas de voisin.

Ce proverbe équivaut à celui-ci : si tu veux vivre en paix avec les autres, reste chez toi.

Or, depuis six mois, je ne suis pas resté chez moi, et je me suis fait des voisins.

L'embarras, aujourd'hui, est de me débarrasser de mes voisins, et de rentrer chez moi : c'est ce que je vais tenter de faire.

On me suppose, quelque part, des desseins pervers, des intentions préjudiciables au repos de quelques bonnes âmes. On s'imagine que je veux percer, devenir quelque chose. On se trompe ; mon unique ambition est de rester rien ; ce dont la confession suivante fait foi suffisamment.

Je ne dois rien aux quatre ou cinq gouvernements actuels de la Puissance du Canada ; et j'espère, Dieu aidant ! ne leur jamais rien devoir. Je voudrais bien pouvoir en dire autant de la corporation de Québec.

Je ne suis redevable de rien du tout aux gouvernements passés, à l'exception, toutefois, d'une somme de 45 louis, ayant cours, qui m'a été payée fidèlement par le ci-devant gouvernement des provinces-unies du Haut et du Bas-Canada, pour soins professionnels donnés à l'école Normale de Québec pendant l'espace de trois années. On n'a pas été satisfait de mes services, et avec raison. L'huile de ricin que je m'obstinais à prescrire envers et contre tous m'a ruiné dans l'esprit de mes clients. On m'a évincé ; je le méritais bien.

Je n'attends rien des gouvernements futurs. Je ne suis pas riche, mais j'espère grandement de le devenir. Cet espoir me berce ainsi que bien d'autres : ces autres et moi, nous ferions mieux sans doute de méditer l'histoire de l'aiguille et du chameau.

J'aurai 39 ans le 25 mars prochain ; ce jour-là on chante vêpres aussitôt après la messe.

Chose singulière ! il me reste encore dans le cœur ce que des vieillards de vingt ans appellent aujourd'hui des *illusions.* Ces illusions même, ne font que grandir avec l'âge ; cela est surprenant, mais je m'en félicite.

Je ne veux pas devenir ministre, encore moins chef de l'opposition, encore moins simple pion du gouvernement local ou du gouvernement fédéral. On m'offrirait le plus beau comté de la Puissance *tout fait* que je ne me baisserais pas pour le ramasser.

Mon parti est pris là-dessus, et j'ai la réputation bien méritée d'avoir la tête dure.

J'oubliais une chose ; je suis auteur.

Auteur d'un « Petit manuel d'agriculture à l'usage des écoles élémentaires. » Il ne m'appartient pas de juger cet ouvrage. On m'a dit et répété sur tous les tons, pudiquement et privément, qu'il est presque parfait ; je n'ai pas assez d'humilité pour contredire mes admirateurs. C'est mon opinion bien formelle, toutefois, que si l'on pouvait rendre obligatoire, dans toutes nos écoles, l'étude de ce petit manuel, il rendrait d'importants services : tout autant, à mon avis, que bien des chemins de fer, et cela pour une foule de raisons trop longues à énumérer.

À propos de chemins de fer, je déclare qu'ils ont toutes mes sympathies. Je suis actionnaire dans celui de Gosford pour la somme de $50 ! J'apprends que mon capital va me rapporter 6% ; cela me réjouit beaucoup.

Je suis tellement satisfait de mon esprit d'entreprise, que je suis prêt à revenir à la charge ; et j'offre à la compagnie qui se forme dans le dessein de prolonger ce chemin jusqu'au lac Saint-Jean, un montant égal à celui que j'ai déjà souscrit.

Si cette témérité me mettait trop à la gêne, j'aurais recours aux bons offices de la banque Nationale et de son habile caissier ; tous deux me font des escomptes jusqu'au montant de $150 avec une libéralité qui les honore... et moi aussi.

Pour en revenir à mon « Petit manuel » j'avouerai qu'en le publiant, je croyais, avec toute la naïveté de mes 40 ans, que les choses se faisaient comme elles doivent se faire, et non comme elles se font. Il me semblait que dix mille, vingt-cinq mille exemplaires s'écouleraient dans l'espace de deux mois ; il s'en est vendu 500.

J'escomptais déjà : 1° le bien que cela ferait à mon pays ; 2° le bien que cela ferait à moi-même. Dix mille, vingt mille exemplaires vendus à raison de dix sous à douze sous, finissent par rapporter un certain nombre de piastres que je serais bien en peine de calculer.

J'aurais perçu ce montant sans remords de conscience : il doit être permis à un honnête homme de faire son affaire, pourvu qu'il ne fasse pas de tort aux autres ; à plus forte raison s'il leur fait du bien.

En vue de tous ces déboires, et peut-être à cause d'eux, je déclare par ces présentes que je cède, transporte, et lègue à la société de colonisation de Québec, pour en faire ce que bon lui semblera, le revenu net qui pourrait provenir de la vente des 5000 premiers exemplaires du dit manuel ; ce dont je notifie, ce jourd'hui-même, mon imprimeur M. Léger Brousseau. Le tout fait en pleine connaissance de cause, étant sain de mémoire, jugement et entendement.

XIV

Un médecin

Chez Poulin

Un médecin confrère me dit :

Mon cher, tu ne feras jamais rien de bon avec ta profession.

Et pourquoi pas ?

Parce que tu n'as pas d'associé.

Toi non plus.

Mais oui, j'en ai deux.

Lesquels ?

Mon cheval et ma voiture.

Un médecin qui passe par les rues à pied ne valut jamais rien.

Autre recette :

Lorsque tu vas voir un de tes malades, aies le soin de laisser ton cheval vis-à-vis la porte du voisin. Les gens qui passent disent : tiens, madame a changé de médecin, de sorte que, tout en ayant l'air de soigner ton malade, tu acquiers la réputation plus enviable de guérir la malade d'un autre médecin ainsi avec un client on en fait trois.

Surtout, porte cravate blanche ; promène cravate, femme, cheval et voiture par les rues de la ville, donne des pilules envers et contre tous, et cela assure le salaire.

Ne guérit pas tes malades trop vite, d'une maladie de trois jours, apprends le secret d'en faire une de trois semaines ; et, au lieu d'avoir à enregistrer dans ton livre trois visites, tu en enregistreras vingt. Au bout de l'an, et principalement pour les provisions d'automne, cela vient à propos.

XV

Un étudiant en médecine

Encore chez Poulin

Tu sais ce que c'est qu'une *expédition* ?

Oui, j'en ai fait vingt-huit.

- Hier, à la neige tombante, nous sommes partis quatre en berline.

Pas de grelots, mais crobarts.

Nous nous sommes rendus tu sais où ?

Parvenus à ce qu'on appelle un charnier, nous nous sommes glissé à plats ventre, nous avons allumé notre lanterne-sourde.

Ce qu'il y a d'embêtant là-dedans est de franchir la clôture, trop haute à notre gré, et d'entendre l'aboiement des chiens qui peuvent donner l'éveil au moment décisif.

Nous avions ouvert douze cercueils et transporté neuf *sujets*. Les trois autres étaient des picotés.

Nous les avions transportés dans nos bras l'espace de trois arpents dans un sol tourmenté comme celui des cimetières.

Le plus difficile était de leur faire franchir la clôture.

Mais un étudiant en médecine trouve toujours des expédients.

Ils étaient là, huit, lorsqu'au neuvième, pendant une nuit bien noire, nous constatons que notre cheval a disparu.

Nous jetons de la neige sur nos morts, résolus de venir les chercher le lendemain.

Nous allons à la recherche de notre cheval que nous trouvons enfoui avec la berline dans un banc de neige.

Nous revenons sur nos pas.

La plus belle expédition qui ait jamais été faite.

Ce soir-là, sur les dix heures, je me débarrassai de la peinture du cercueil, je fis ma toilette et à onze heures, armé de gants blancs, je dansais un quadrille et les lanciers avec une foule de jeunes filles et avec celle qui est aujourd'hui ma femme.

XVI

Un autre étudiant en médecine

J'ai été, me dit-il, pendant l'espace de trois ans, élève interne et apothicaire de l'hôpital de la marine et des émigrés de Québec.

Durant ces trois années, médecins et élèves, nous avons enduré trois épidémies de choléra.

J'ai fait trente-deux autopsies, dans une journée, un dimanche.

Nos domestiques nous avaient abandonnés par peur.

Le chapelain, le chirurgien en chef et moi, nous avons vidé et rempli les paillasses des morts et des mourants pendant huit jours.

L'enterreur cette année-là a fait fortune.

Le nom du fossoyeur, si je me le rappelle bien, était Fortier, mort depuis quelques années.

Ce qui m'ennuyait le plus dans tout ce brouhaha, c'était le clouage des cercueils, depuis cinq heures du matin jusqu'à sept heures.

Je fis cesser ce vacarme en ordonnant de mettre des vis au lieu de clous.

Une nuit, voici ce qui m'est arrivé. Jimmey, le portier, vient m'éveiller et m'annonce qu'un nouveau cholérique est amené à l'hôpital.

Il me dit : *I think he is dead, sir.*

Il était alors trois heures du matin.

Je lui réponds : *Take him to the head house.*

Qui fut dit fut fait.

À sept heures, on vint m'annoncer que ce prétendu mort confiné dans la salle des morts n'était pas mort.

J'ordonnai qu'on le remontât dans la salle des cholériques, et, trois heures après, je l'en faisais redescendre *remort.*

Un de nos gardiens, Patrick, effrayé à la vue de ces morts et de ces mourants, vint me dire un jour qu'il avait peur et qu'il nous abandonnait.

Je lui dis : *Patrick you are wrong.*

Il me répondit : *Sir, I cannot stand it any longer.*

Il alla s'asseoir pendant une heure à l'ombre d'un des arbres nouvellement planté sur le parterre de l'hôpital de la marine.

Il partit vers trois heures de l'après-midi.

À 4 heures, le lendemain matin, on vint m'éveiller pour un nouvel arrivant : c'était Patrick.

À sept heures, Patrick était mort.

J'ai assisté à son enterrement avec le chapelain de l'hôpital de la marine.

Pour la première et dernière fois, j'ai vu le long sillon destiné aux morts du choléra.

Un petit rossignol, perché sur l'arbre de la croix, chantait de mélodieux accents !

XVII

Encore sous la porte Saint-Jean

Sous la porte Saint-Jean, c'est comme sur le pont d'Avignon :

Tout le monde y passe.

Un musicien m'a dit : ajoutez donc

Les messieurs font comm'ci !
Les dames font comm'ça ;

avec les génuflexions du menuet.

La plus belle rencontre que j'aie faite dans mon voyage a été celle d'un agriculteur canadien-français, vêtu de l'étoffe du pays, fumant du bon tabac canadien.

- Je lui demande : comment va la récolte ?

- Passablement ; mais la saison n'a pas adonné ; trop de pluie, trop de soleil, trop de nord-est, et des sauterelles.

Ça adonne, lui dis-je, quand vous savez faire cela adonner.

Votre terre est une malade dont vous ne connaissez ni la constitution, ni le tempérament ; maigre ou forte, cela vous importe peu, non pas par défaut d'intelligence, mais faute d'instruction.

Savez-vous écrire ?

- Non, je l'ai su autrefois, je l'ai oublié depuis.

Savez-vous lire ?

- Oui, mais en latin seulement.

Comment cela ?

- C'est que je suis le maître-chantre de notre paroisse.

Ami agriculteur, écoutez ce que je vais vous dire : premièrement, le cultivateur est le roi de la création ; vous ne vous en doutiez pas ?

– Non.

Vous auriez dû vous en douter. Le cultivateur canadien-français ne connaît pas son art, ne sait pas l'exercer. Il ignore les éléments de l'agriculture et ne veut pas apprendre, il veut faire comme ses pères, c'est-à-dire ruiner le sol et ne tirer aucun parti de la connaissance des rotations, des assolements, des fumiers, des engrais de toute espèce. Après deux cents ans de cette culture routinière, le cultivateur canadien-français n'a qu'une chose à faire : comprendre l'anatomie, la physiologie, la pathologie de son terrain et y appliquer les remèdes convenables.

Parmi vos autres défauts, cultivateur, j'énumère les suivants :

Trop de luxe pour l'habillement de vos filles et de vos garçons ; trop de piano, trop de recherche sur vos voitures, point d'intelligence dans votre culture, encore moins dans vos écoles.

Il faut avant tout que la tête dirige les bras et non les bras la tête.

Trop souvent, le cultivateur ensemence sa terre sans connaître ni les qualités du sol ni l'importance des rotations ; il commence derrière la grange, et passe de clos en clos, semant toujours des pois, des pommes de terre, du seigle, etc., sur les mêmes pièces auxquelles il donne les noms de pièce à seigle, pièce à pommes de terre, pièce à pois. C'est par cette culture défectueuse qu'on a ruiné le district de Québec, et c'est pour cela qu'il y a aujourd'hui un demi million des nôtres aux États-Unis. Ce demi million menace de grossir toujours.

XVIII

Encore en dehors de la porte Saint-Jean

Un colonisateur

Chemin de fer de Québec au Lac Saint-Jean

Monsieur, je prévois qu'avant longtemps il y aura un chemin de fer de Québec au lac Saint-Jean, grenier d'abondance pour Québec et pour tout le Canada.

Ce chemin, m'a dit un sauvage, devrait passer par les comtés de Montmorency, Charlevoix et Chicoutimi jusqu'à la Baie des Ha ! Ha ! et de la Baie des Ha ! Ha ! jusqu'à la tête du lac Saint-Jean, c'est-à-dire par Saint-Féréol, Saint-Tite, le chemin Cauchon, et Saint-Urbain.

La chaîne des Caps (Laurentides), depuis le Cap Tourmente jusqu'à la Baie Saint-Paul n'est pas un obstacle. En arrière de cette chaîne de Saint-Féréol jusqu'à Saint-Urbain, il n'y a aucune montagne à franchir.

Les touristes qui vont jusqu'à la Malbaie et à l'entrée de la rivière Saguenay, s'imaginent qu'en arrière du Cap Tourmente il n'y a que des chaînes de montagnes semblables à celles qui bordent le Saint-Laurent. Erreur profonde.

À deux ou trois lieues en arrière de ces montagnes se trouve un terrain plan et uni ; la seule difficulté se rencontre entre Saint-Urbain et la Baie des Ha ! Ha ! à l'endroit appelé le lac Ha ! Ha ! Mais ceux qui ont fait le trajet de la Baie des Ha ! Ha ! à Saint-Urbain assurent qu'il y a des vallées par lesquelles le chemin peut être localisé facilement.

Le chemin de fer en suivant la ligne de Saint-Urbain peut se continuer jusqu'à la Malbaie, relier Québec au lac Saint-Jean et se relier au chemin de fer du nord et assurer pour toujours à Québec le commerce de cette vaste et fertile contrée.

Ce chemin serait alimenté par le territoire du lac Saint-Jean et de Chicoutimi, de plus par les comtés de Charlevoix et Montmorency.

La construction du chemin donnerait à la province de Québec, durant l'hiver, un port de mer ouvert à la navigation, excepté pendant un mois ou deux. Ce port de mer serait à la Malbaie.

XIX

En dehors de la porte Saint-Jean

Un maître d'école

Me trouvant, dans le cours de l'été dernier, à Saint-M..., je me retirai dans un hôtel voisin du collège. De la fenêtre, j'entendis une leçon donnée par un des professeurs de cette institution.

Sa manière d'enseigner, quoique je fusse à distance, me plut fort.

Je me rendis au collège, où je déclinai mes noms, titres et qualités, et demandai comme faveur d'être admis pendant quelques instants à suivre les leçons de ce maître d'école, faveur qui me fut gracieusement accordée.

L'instituteur me dit qu'il regrettait que la classe qu'il enseignait en ce moment fût celle de la deuxième division.

Je lui répondis que j'aimais mieux suivre la leçon donnée à cette deuxième division, que celle qu'il devait donner à la première.

Je priai l'instituteur de faire comme il avait l'habitude de faire, sans songer à ma présence : ce qu'il fit.

La classe se composait de jeunes garçons de dix à quatorze ans.

Ni lui, ni aucun de ses élèves n'avait un livre en mains.

Il s'agissait de résoudre des problèmes d'arithmétique, la leçon se faisait en anglais pour des enfants canadiens-français : se promenant de long en large, les mains derrière le dos, le maître posait un problème qu'un des enfants était chargé de résoudre au tableau.

En même temps, les autres enfants, l'ardoise en mains, résolvaient le même problème.

Au bout d'un quart d'heure de cette classe intéressante, les enfants prenaient quelques minutes de récréation.

Je serrai la main du maître d'école, et lui dis : Vous êtes un des bienfaiteurs de votre pays ! Vous savez enseigner !

Un instant, me dit-il, nous n'avons pas fini cet entretien ; j'ai des révélations à vous faire.

- Qu'est-ce ?

- Savez-vous ce que c'est qu'une école ?

- Je m'en doute, mais encore ?

Eh ! bien, me répondit l'instituteur, une école est une usine où l'on façonne les intelligences ; argile molle, susceptible de se laisser pétrir pour le plus grand bien de la patrie ou pour le plus grand mal du pays, mais il faut connaître le pétrissage des intelligences.

En premier lieu, il faut de bonnes écoles ; or, les bonnes écoles ne peuvent exister sans un local convenable, sans un maître compétent et suffisamment rémunéré, avec des livres appropriés aux besoins de chaque pays.

Dans la construction de nos maisons d'écoles canadiennes, il doit y avoir du style dans l'architecture, beaucoup de propreté, avec l'application de toutes les saines lois de l'hygiène.

La vue d'une semblable maison est un commencement précieux d'éducation. L'enfant, à cet aspect, apprend ce que veulent dire les mots *aisance, propreté, bon goût, confort,* enfin, ce que signifient les mots, *aurea mediocritas* : chose la plus enviable en ce bas monde.

Les maisons d'écoles canadiennes, contrairement à ce qu'on a dit, ne doivent pas être construites sur le même plan, ni de la même manière que les maisons d'écoles des pays étrangers ; il nous faut un système spécial dans lequel on puisse combiner le chauffage et la ventilation d'une manière économique, adaptée aux besoins de notre climat rigoureux. Une fois le local convenable obtenu, ayez de bons instituteurs ; ces bons instituteurs ne peuvent être formés que dans les écoles normales. Le moins de livres possible et de petits livres peu dispendieux, mais un tableau noir, de la craie, une baguette, un globe, des cartes géographiques, et avant tout l'art de l'enseignement. Pour acquérir cet art, il faut des dispositions naturelles, mais avec l'étude de la pédagogie, cette disposition, quoique faible d'abord, se développe intensément.

Quant aux livres d'école, combien ils laissent à désirer ! Trop souvent ils commencent par la fin et finissent par le commencement. On y voit une foule de définitions qui ne définissent rien, des divisions et des subdivisions qui ne divisent et ne subdivisent rien, si ce n'est des riens. Subdivisions tout à fait inutiles, qui embrouillent l'esprit des enfants. Le nombre des différentes grammaires mis en vente en ce pays est innombrable. Il en est de même des arithmétiques, des géographies, des histoires du Canada, et du reste. La *fabrication* de ces livres d'école est devenue une industrie comme la fabrication de chaussures.

Les inconvénients qui résultent de cette multiplicité de livres, sont les suivants : premièrement, un enfant apprend les éléments de la grammaire française cette année et va jusqu'au pronom.

La deuxième année, il va à une autre école, et recommence à apprendre par cœur les éléments de la grammaire dans une autre grammaire, et se rend encore jusqu'au pronom.

Bienheureux, s'il ne va pas au-delà du pronom, car, depuis quelques années, les pédagogues européens, imités de trop près par nos pédagogues canadiens, ont fait dans le pronom des divisions et des subdivisions à l'infini.

Quand un enfant s'est fourré tout cela dans la mémoire, une chose est évidente, c'est que l'enfant ne sait pas même ce que c'est qu'un pronom. Nos manuels d'histoire ne sont pas autre chose que des tables de matières surchargées de dates, de faits insignifiants ou qui n'ont aucun intérêt pour nous.

Dans nos manuels de science on voit l'explication d'une foule de phénomènes au dessus de la portée de l'intelligence des enfants auxquels on s'adresse.

On omet de leur expliquer les phénomènes ordinaires, qu'ils devraient connaître, pour les lancer dans des voies qui ne sont accessibles qu'aux spécialistes.

Pour la comptabilité qui doit être, avant tout, une comptabilité agricole et de ménage, on bâtit des volumes de centaines de pages quand il n'y aurait besoin que de huit ou dix pages.

Et ainsi de suite.

XX

Vingt ans après

Retour

Hélas ! tous les retours ne se ressemblent pas. Il y a des retours gais, bien gais ; il y a des retours tristes, fort tristes.

On peut revenir d'un bal, d'une noce ; d'un enterrement, hélas ! tout le monde ne revient pas...

Celui qui retourne en prison, au pénitencier, ne fait pas un retour comme ceux qui reviennent en leur pays, de l'exil, d'un voyage lointain et périlleux. Pour ces derniers, s'ils ont vécu quelque temps loin de ce que tout le monde appelle « la patrie », il est un mot, il est un nom qui les tourmentent sans cesse dans leur retour ; la nuit surtout... quand le clapotement des vagues vient frapper sinistrement leurs oreilles et leur rappelle qu'ils ne sont séparés que par l'épaisseur d'une planche de ce vaste linceul, de cet immense tombeau si plein de vie qu'on nomme l'Océan.

Pour l'autre - celui qui retourne au pénitencier - il y a du pain noir en perspective, le bruit des chaînes ; ces infâmes pantalons jaune et marron, cette affreuse cellule dont le grincement des gonds vous donne la chair de poule ; et le silence absolu, punition terrible, châtiment effroyable.

Parmi toutes ces variétés de retours, est-il besoin de rappeler qu'il y a un retour de l'automne, comme un retour du printemps, un retour de l'âge comme un retour du baptême ; et enfin... *un retour de la rue Saint-Jean.*

Après une suite de réflexions aussi philosophiques, on comprend avec quelle impatience fébrile je retourne chez moi.

Pas de récifs, pas d'écueils sur la route ; pas de bourrasques, ni de tempêtes à redouter.

Je fais rencontre d'un célibataire armé d'un parapluie, en l'an 1880.

À propos du parapluie, quand l'ostracisme atteindra-t-il cet instrument vulgaire ? Quel porteur de riflard l'a-t-il en mains, quand les cataractes du ciel viennent à se déborder ; et quel est celui qui n'en est pas embarrassé quand le soleil verse sur lui des torrents de lumière !

C'est là un de ces produits de nos âges de progrès : l'antiquité n'était pas affligée de semblables misères.

Du temps de Périclès, d'Alexandre le Grand, il était permis d'être vieux, célibataire, philosophe, bourgeois, sans qu'on fût obligé de se promener avec un parapluie à la main. Qui ne sait pas qu'une des jouissances de Diogène consistait à rester sous les gouttières des maisons, immobile et impassible, pendant des journées entières, et ce, dans le temps des grosses averses !

Pas un chant de l'Iliade, pas un chant de l'Énéide n'est consacré à la glorification du parapluie.

Le divin Homère a parlé d'un cheval de bois qui fut construit sous les murs d'Ilion ; mais ce cheval n'était pas destiné à protéger le roi des rois, ni Achille, pas même Iphigénie, la bonne et tendre Iphigénie, contre les douces ondées du ciel. Le citoyen Énée a bataillé pendant bien des années sur la terre d'Italie si féconde en combats ; maintes fois, simple mortel, il lui a fallu lutter contre la colère d'une foule de dieux aussi puissants que jaloux, qui pouvaient à leur gré tonner et pleuvoir comme les dieux seuls avaient le secret de pleuvoir et de tonner : nulle part il n'est dit que le vaillant Énée s'élança sur les bataillons des Rutules en brandissant un parapluie.

Il n'est pas consigné dans les annales de l'histoire romaine que Cicéron menaçait Catalina de son parapluie quand il débita cette impertinente catalinaire qui commence par les mots non moins impertinents : *Quousque tandem...*

Des dépouilles opimes furent transportées d'Asie en Italie au temps des grandes conquêtes des Romains, statues, peintures, tableaux, objets d'arts ; de parapluie, jamais.

Horace, qui parle de tout, n'en a pas soufflé mot, pas même dans son *Voyage sentimental à Brinde*. Je défie qui que ce soit de trouver une de ses odes qui soit dédiée « Au parapluie. » Toutefois, Horace invite tous les jours quelques-uns de ses amis, Mécène, Virgile, à venir vider avec lui une amphore ou deux de ce délicieux vin de

Falerne, cacheté sous le consulat de *** ; il parle bien de couronnes de lierre, de myrte, et de mille autres choses ; jamais il n'a dit : « ne venez pas sans parapluie. »

Mais laissons-là notre célibataire et son parapluie.

Dans le long espace de temps qui s'est écoulé entre mon départ et mon retour, il s'est opéré bien des changements : que de gouvernements qui se sont effondrés, que de ministres déchus, que de députés coulés ! que d'avocats ont perdu leurs causes, que de médecins ont tué leurs malades, que de notaires ont fait de mauvais actes dont bénéficient les avocats d'aujourd'hui, que d'espérances déçues, que de tombes ouvertes !

Mais revenons.

Johnson vit encore, et quoique parvenu à un âge avancé, il cultive bravement, et en sage écossais, une terre située sur le chemin de Charlesbourg.

Hamel, Faribault, Ferland, le major Lafleur, De Gaspé et les autres ne sont plus. De ce club des anciens, il ne reste que *long* John Fraser et John Alford.

Sit transit gloria !

Grace, confiseur, est je ne sais où, probablement décédé. J'ai omis de dire dans le chapitre que je lui ai consacré à mon départ, que *Grace* a été un des instruments les plus puissants pour faciliter l'évasion de Dodge et Theller, lors des événements de 1837.

Fuchs manie toujours les ciseaux avec orgueil au profit d'une foule de *customers* discourtois et ingrats. Je l'ai rencontré ces jours derniers, il m'a dit : Ça ne baye bas.

Il m'envoie de temps à autre, le dimanche, un plat de cette excellente choucroute qui surpasse toutes les autres choucroutes du Dominion du Canada.

Duquet fait d'excellentes affaires ; toutes ses prévisions se sont réalisées, et il s'occupe surtout d'améliorer le téléphone.

Crémazie, il n'y a que quelques mois, a pris son vol de poète vers un meilleur monde.

L'autre libraire a disparu.

Les charretiers de la Haute-Ville sont toujours sur la même *stand* ; et Cantin brille entre tous.

Mais, hélas ! plus de calèche ; à peine en voit-on circuler deux ou trois dans les rues de notre ville. C'est le temps de se demander : où allons-nous ?

Parmi le nombre de littérateurs et de poètes que j'ai mentionnés dans la première partie, quelques-uns sont morts, se plaignant de l'injustice des hommes qui avaient méconnu leurs talents et leur mérite.

Les autres vivochent.

Bienheureux sont-ils quand ils peuvent rattacher les deux bouts ensemble. Tous ont été des garçons de talent, et même quelques-uns de génie.

Enfin j'arrive à ma maison.

Ma maison ! *ma,* pronom possessif plein de charme pour l'oreille, mais qui ment bien tout autant que le verbe auxiliaire *avoir.*

Ma maison ! Tout le monde répète ce mot, comme si les mots *propriétaire, locataire* n'avaient pas une signification propre, ne représentaient pas à l'esprit des idées, des choses quelconques ; comme si ces deux mots ne rimaient pas ensemble. Exemple :

Heureux le propriétaire
Dont je suis le locataire !

Comme si les dates suivantes, 1er août, 1er novembre, 1er février, 1er mai, n'étaient pas pleines de hauts enseignements, comme si ces dates n'avaient été mises sur le calendrier que comme objets d'ornements, comme toutes les autres dates, pour être vendues et achetées à raison de six sous.

Ma maison ! Mon Dieu, comme toutes les maisons ne se ressemblent pas ! Que de jouissances, que de douceurs ne goûte-t-on pas dans sa maison et que l'on chercherait en vain ailleurs !

Les Anglais, eux, appellent cela le *home,* et je les approuve. Le *home,* cela ne veut pas dire la maison de votre voisin, la maison d'un autre ; cela veut dire votre maison à vous. Le mot *home* se traduit en français par une bonne pièce, meublée avec élégance et sans recherches ; puis un bon feu de grille dont la lueur éclatante fait contraste avec la brume épaisse qui est au dehors ; et en sus, la famille qui se compose d'une *land-lady,* laquelle est propriétaire de quelques-uns de ces blonds petits enfants qui semblent pétris avec des roses et du lait, comme a dit quelqu'un, je ne sais qui.

Ma maison ! c'est une petite patrie renfermée dans la grande patrie, la patrie commune. Vous y retrouvez votre bon vieux canapé, vos livres, votre bon tabac, et votre vieille pipe si bien culottée. Et souvent trois ou quatre gaillards qui, avec la prétention d'être de vos amis et de vous témoigner de l'estime, se sont emparés de votre chez-vous, avec un sans-gêne qui ne vous étonne plus ; et vous les retrouvez là pompeusement assis, faisant un tapage d'enfer, une fumée de Vésuve. Ils brûlent votre tabac, cassent vos pipes, et se plaignent toujours qu'il n'y a jamais assez de pipes, ni assez de tabac.

XXI

Sur mon canapé

À mon retour

À peine étais-je étendu sur mon canapé, pour me délasser à la suite de ce long voyage de vingt ans, que mon imprimeur arrive et me dit : monsieur, le papier coûte tant, la copie tant, il nous faut cinquante pages de copie pour le reste.

Malheureux, lui dis-je, est-ce que je vous en demande, moi, de la copie ?

- Non, me répondit-il, mais la longueur du papier exige que vous donniez cinquante pages pour le reste.

J'en ferai de la copie, mais à vos dépens et aux miens. Or, pour remplir mes obligations, je fais de la copie, et j'esquisse mon imprimeur.

Mon imprimeur est l'homme le plus impitoyable de la terre, exceptant le correcteur d'épreuves et l'auteur.

Avec les trois, il faut compter ; mais ceux qui comptent le moins sont, premièrement l'auteur, deuxièmement l'imprimeur, troisièmement le correcteur d'épreuves et de revises.

Faites la différence. Le meilleur est le relieur, j'entends par là celui qui relie, non pas celui qui ne relit pas.

Cela fait, je lui dis : cent soixante huit pages.

- Moins deux lignes !

Alors, ajoutez le mot

FIN